La boutique des plaisirs

Nicolas MARSSAC

La boutique des plaisirs

ROMAN

Ouvrage destiné à un public averti.

Le temps passe, et je crains que mes souvenirs ne commencent à s'estomper.

Il faut donc que je m'empresse de relater par écrit quelques-uns uns des moments forts et inhabituels de mon métier d'antiquaire.

Ce ne sera pas, contrairement à ce qu'on pourrait penser, le récit de trouvailles extraordinaires ou de ventes exceptionnelles.

Certes, un antiquaire est avant tout un collectionneur passionné. Pour aimer ce métier il faut cette passion dévorante, qui fait que le cœur va s'arrêter une fraction de seconde à la vue d'un objet d'art que l'on a découvert et que l'on convoite...

Mais cette sensation poignante, je ne l'ai pas simplement ressentie à la vue d'un bel objet ancien. Bien des rencontres féminines l'ont également provoquée.

Qui pourrait, en effet, être indifférent à la douceur d'un regard féminin, à une chevelure luxuriante, à la courbe d'un cou, ou aux rondeurs que cachent des vêtements mais que le mouvement révèle ? Qui oserait résister à la vibration d'une belle voix, à la qualité particulière d'un sourire, à la subtilité d'une expression ?

On se demandera comment j'ai pu en arriver à cette passion immodérée pour le sexe faible.

Tout a commencé au début de mon adolescence. Mes parents disparurent dans un accident d'automobile alors que j'avais à peine douze ans. La sœur de ma mère, qui n'avait pas eu d'enfant, m'accueillit tout naturellement, et m'éleva avec l'amour et l'attention d'une mère véritable.

C'est elle qui se chargea de mon éducation sentimentale et sensuelle, et elle s'acquitta de cette délicate responsabilité avec passion.

Ma tante fut, en fait, mon premier amour, et son souvenir, encore maintenant, ne laisse pas de m'émouvoir profondément...

À sa mort, j'héritai d'une belle fortune, ce qui me permit de cesser mes activités de conseil en investissements, et de réaliser un vieux rêve, me lancer dans le métier d'antiquaire.

La collection que j'avais réunie, à trente ans, était déjà suffisamment respectable pour servir de fonds initial pour ma nouvelle carrière.

Mais la collection personnelle de ma tante, qui vint rejoindre la mienne, méritera une mention particulière. Cette femme superbe, qui adorait la vie et ses manifestations sensuelles, avait en effet bâti une collection de curiosa exceptionnelle. Cette collection était faite de meubles, objets, peintures, livres, provenant de tous les horizons, consacrés à l'érotisme, dans toutes ses acceptions, jusqu'aux plus sulfureuses.

Je gardai religieusement certains de ces trésors, et les montrais de temps à autre à des clients sélectionnés ou à des amis intimes. J'en vendis une partie, discrètement, à quelques fins connaisseurs.

La nouvelle de leur existence dépassa, au fil des années, le cercle restreint que j'avais essayé de maintenir, et certains de mes visiteurs et visiteuses venaient parfois me voir dans l'intention d'avoir, ne serait-ce qu'un instant, une délicieuse vision de l'Enfer...

Pour exercer mon métier, j'avais loué un assez grand espace au rez-de-chaussée d'un vieil immeuble en pierre du début du XVIIIᵉ siècle, situé dans le Vieux Montréal.

J'avais fait aménager cette surface en deux parties : la galerie, située en avant et, derrière celle-ci, une arrière-boutique. Cette dernière, assez vaste, qui me servait de bureau et de réserve, comportait une salle de travail avec un bureau, un sofa, quelques fauteuils et des étagères scellées aux murs et s'élevant jusqu'au plafond, un cabinet de toilette et une réserve adjacents.

L'arrière-boutique était séparée de la galerie par une cloison en partie faite de miroirs sans tain, ce qui me permettait de travailler dans l'arrière-boutique tout en ayant une vue sur l'avant sans être remarqué.

Je n'imaginais pas que cet aménagement serait propice à de délicieuses péripéties, dont le souvenir me fait encore vibrer...

I

L'immeuble où se trouvait ma galerie appartenait à une dame avec laquelle je n'avais pas eu de difficulté majeure à négocier des conditions d'occupation raisonnables.

Ma propriétaire, qui était psychiatre, habitait les étages au-dessus de ma galerie. Elle venait souvent me voir, pour admirer mes objets d'art, ou tout simplement pour converser. J'aimais la compagnie de cette femme intelligente et cultivée, avec laquelle il m'était permis de parler aussi bien d'art que des choses de la vie, de manière très ouverte. Une sorte d'amitié complice s'était ainsi établie entre nous.

Une fin d'après-midi d'hiver, alors que la nuit était déjà tombée, nous subîmes une panne d'électricité. J'avais toujours une bonne réserve de chandelles, que j'allumai et disposai un peu partout.

Une atmosphère chaleureuse et mystérieuse s'établit dans la galerie. Des reflets et des ombres nouveaux s'accrochaient aux objets et aux meubles, leur donnant un aspect fantastique, presque inquiétant pour certains.

Ariane, ma propriétaire, entra, précédée d'une bouffée de froid glacial et de neige.

Elle avait les joues rougies par le froid, ce qui donnait à sa belle quarantaine un éclat supplémentaire.

Elle ôta son manteau de fourrure : elle était habillée d'un pantalon en laine de couleur fauve qui mettait en valeur sa taille fine et la ligne de ses jambes et de sa croupe, assorti au chandail au col en V profond qui accentuait le dessin de son cou mais aussi la courbe naissante de ses seins.

Elle sembla ne pas remarquer mon regard admiratif, et dit d'un ton peu assuré.

— Jacques, ne trouvez-vous pas que cet endroit a l'air hanté ce soir ?

— Certainement, mais les fantômes ne sont pas hostiles, et puis les statues de dieux nous protègent !

Elle eut un frisson, et se rapprocha de moi. La clarté des chandelles donnait à sa chevelure roux sombre des reflets de vieux cuivre, et ses yeux verts avaient un éclat que je ne leur avais jamais vu. Elle avait relevé ses cheveux en un chignon au-dessus de la tête, ce qui mettait en valeur l'ovale de son visage aux pommettes hautes.

Ariane collectionnait l'art tribal, et possédait déjà un certain nombre de pièces de grande qualité, dont certaines venaient de ma galerie. Elle s'accroupit pour contempler une statue féminine yorouba, assez grande, aux formes accentuées.

Ce geste l'amenait tout naturellement à se cambrer, et je pus ainsi admirer la forme de ses fesses, que sa posture écartait en deux superbes globes.

Ma visiteuse se mit à caresser doucement la statue :

— Quelle patine magnifique ! Cette pièce doit être vraiment ancienne. Où l'avez-vous trouvée ?

— Je l'ai achetée aux héritiers d'un homme d'affaires français qui avait séjourné en Afrique à la fin du siècle dernier. La provenance est impeccable, j'ai même des papiers écrits de la main du propriétaire, qui était un collectionneur provincial assez connu, indiquant l'endroit et le moment où la statue a été acquise.

Les doigts d'Ariane s'attardaient sur le visage, les seins et les cuisses de la femme de bois, en une lente caresse qui m'émut.

— Elle semble vous plaire, au-delà de considérations purement artistiques, d'une manière très physique ?

— Je suis en train de tomber amoureuse d'elle. Les sculpteurs africains savaient apprécier la beauté du corps humain et le déifier. C'est ce qui me plaît dans l'art tribal, en plus du fait que j'adore le bois, matière sensuelle par excellence. Les Africains n'ont jamais eu honte de leur sexualité, contrairement à l'Occident judéo-chrétien !

— Vous ne me semblez pas avoir peur de l'enfer !

— Sûrement pas, il y a tellement d'enfers délicieux, vous ne trouvez pas ?

Elle se retourna vers moi, et dut surprendre mon regard posé sur son corps, mais ne cilla pas. Ses yeux se rivèrent aux miens, comme si elle avait voulu m'hypnotiser. Je m'approchai, pour briser le charme et pour essayer, en vain je pense, de dissimuler mon trouble.

— Je viens de recevoir une autre statue africaine de même provenance, masculine cette fois. Voulez-vous la voir ?

— Avec plaisir, je n'ai pas vraiment de préférence quant au sexe du sujet, du moment que c'est beau.

Elle me suivit dans l'arrière-boutique. Le capharnaüm savant qui y régnait lui donnait un aspect quelque peu étrange, et l'éclairage des chandelles en rendait l'atmosphère encore plus fantastique que dans la galerie elle-même.

J'avais laissé sur mon bureau une statue masculine camerounaise. De taille assez importante, elle représentait un personnage assis sur un tabouret, tenant un récipient en forme de corne. Une patine noire luisante la recouvrait entièrement. Le visage était ricanant, grotesque dans le style Bamoum. Au bas du ventre, un long phallus se dressait à l'horizontale, ce qui finissait de donner à la statue un aspect démoniaque, mais pas vraiment menaçant. On se prenait plutôt à imaginer un Priape africain destiné à exercer un pouvoir érotique sur ses adorateurs et adoratrices, lors de cérémonies magiques initiatiques.

Ariane sourit :

— C'est lui ?

— Oui, je l'ai reçu ce matin de France. Vous auriez dû voir la tête des douaniers quand on a ouvert la caisse !

— Je peux imaginer aisément que certains se sont sentis menacés dans leur masculinité !

Elle se mit à regarder la statue sous tous ses angles. J'étais tout près d'elle, et remarquai que son front et ses tempes s'étaient couverts d'une légère moiteur, que la température ambiante, à peine tiède, n'expliquait pas. Je vis également que les pointes de ses seins, que son chandail et un soutien-gorge apparemment très fin dissimulaient imparfaitement, étaient érigées. Sa respiration s'était légèrement accélérée, et la coloration de ses joues s'était approfondie.

Mais était-ce Ariane, ou la statue, qui dégageait cette sorte de puissance magnétique à laquelle je devenais de plus en plus sensible, au fur et à mesure que les minutes s'écoulaient ?

La voix, toute changée, de ma voisine me fit sortir de cette rêverie :

— Cette statue a des pouvoirs, je le sens, c'est extraordinaire.

— Ce ne serait pas la première…

— Certes, mais celle-ci a des pouvoirs particuliers.

Elle se mit à caresser la statue, tout comme elle l'avait fait avec la statue féminine, doucement. Puis ses caresses se firent plus précises : elle se mit à passer les doigts sur le phallus, d'abord avec une certaine timidité, puis sa main droite tout entière engloba la tige, en un très lent mouvement de va-et-vient, s'attardant parfois, du bout des doigts, sur le gland.

Mon trouble était à son comble, et je sentais mon sexe se gonfler rapidement à la vue de ce spectacle inouï.

Ariane se tourna vers moi. Son visage, transformé, exprimait un désir sauvage. Ses yeux se fixèrent de nouveau sur les miens, intensément, puis ils se dirigèrent vers mon ventre. Elle se colla contre moi, sa main descendit vers mon sexe, qu'elle frotta à travers mon pantalon. Elle gémit brièvement, de manière à peine perceptible.

Je voulus la toucher. Elle recula brutalement :

— Non !

Elle recula de quelques pas, en me regardant de nouveau dans les yeux, puis défit son chignon, libérant sa chevelure, qui descendit lourdement jusqu'au-dessus de ses seins.

Elle enleva son chandail : son soutien-gorge blanc, en satin brillant, épousait étroitement ses seins très écartés, mettant en valeur leur courbe en forme de poire et laissant entrevoir leurs pointes dressées.

Elle se défit lentement de son pantalon, laissant mon regard découvrir progressivement sa taille, le haut de son ventre, puis son slip, également en satin blanc, très échancré, qui s'accrochait à ses hanches, enfin ses cuisses un peu rondes et ses jambes joliment formées.

Elle prenait son temps, dans le silence le plus complet. Son regard n'avait pas quitté le mien d'un instant. Elle se retourna enfin pour accrocher ses vêtements à un grand miroir posé sur le sol en face de mon bureau, et je pus admirer sa croupe, d'autant que la coupe du slip dégageait assez largement les fesses rondes et fermes.

Elle revint vers moi, maintenant très dévêtue, et me poussa contre le bureau, m'accotant de force sur le bord. Elle saisit un coussin sur mon fauteuil, et se mit à genoux dessus, face à moi.

Ariane dégrafa ma ceinture, puis ses mains eurent rapidement raison de la braguette, dégageant mon slip très bref, qui avait peine à contenir mon sexe en érection.

Elle s'amusa, pendant un moment qui me parut interminable, à masser les testicules et la hampe à travers le slip. Ce jeu dura un assez long moment. Mon souffle s'était raccourci, et je sentais le sang battre à mes tempes. J'avais hâte qu'Ariane aille plus loin, beaucoup plus loin...

Enfin ma tortionnaire se décida à ouvrir mon slip sur le côté, libérant mon sexe.

Elle contempla un instant la tige et les bourses, décrivant délicatement leur contour avec ses ongles. Une goutte de liqueur séminale était apparue à la pointe du gland : elle l'étala du doigt sur toute sa surface, me faisant frissonner à ce geste.

Le miroir, qui reflétait la scène, ajoutait du piquant à celle-ci. Ariane me montrait son dos superbe, sa taille fine, la cambrure de ses reins qui aboutissait à ses fesses, imparfaitement dissimulées par l'échancrure du slip. L'écartement des fesses me permettait d'entrevoir le léger renflement du sexe sous le satin.

La main droite d'Ariane s'empara de mon phallus, tandis que la gauche massait les testicules. La caresse, extrêmement lente, était presque intolérable de douceur.

Je tentai de nouveau de toucher Ariane, mais celle-ci me repoussa encore, limitant ainsi à ses mains le trait d'union entre nos deux corps.

Elle encercla la base de la hampe avec le pouce et l'index de sa main gauche, serra un peu, ce qui augmenta encore la dureté de mon érection. Avec le pouce et l'index de la main droite, elle dégagea le gland, puis elle passa les doigts très délicatement, très lentement, sur celui-ci. La sensation était aussi poignante que si une bouche s'était emparée de mon sexe. Mon cœur battait très fort, ma respiration était saccadée, j'étais entièrement sous la domination d'Ariane.

La vision dans le miroir accentuait mon désir d'elle. Son corps luisait à la lumière des chandelles, et je brûlais d'envie de briser ses barrières, mais quelque chose me disait que ce serait une erreur irréparable.

Je sentais mon orgasme monter progressivement.

C'est à ce moment-là que quelqu'un entra dans la galerie.

J'eus un sursaut, mais Ariane me maintenait fermement, et je ne pus bouger. J'essayai de reconnaître mon visiteur à travers les miroirs sans tain qui séparaient l'arrière-boutique de la galerie : il s'agissait d'un client que je connaissais bien, un bon client à qui j'avais promis de montrer les statues africaines nouvellement arrivées.

La caresse d'Ariane n'avait pas cessé pour autant. Au contraire, le mouvement de sa main droite s'était raffermi, en un va-et-vient sur la hampe, qui s'accéléra. En même temps, son corps se mit à osciller d'avant en arrière, comme si elle faisait l'amour.

Le miroir me montrait sa croupe tendue, qui s'offrait puis fuyait un assaut invisible. Ce mouvement au rythme souple fit légèrement glisser son slip entre les deux fesses, les mettant encore plus en valeur, et me permettant de voir encore mieux le dessin de la fente du sexe contre le satin du slip. Je crus même discerner une tache d'humidité à cet endroit.

Mon visiteur me cherchait visiblement, semblant ne pas comprendre mon absence alors que la galerie était ouverte.

— Monsieur Delorme, êtes-vous là ?

La situation était à la fois très embarrassante et extrêmement excitante.

Je baissai les yeux : Ariane me regardait intensément, et le mouvement masturbateur de sa main allait de plus en plus vite. Mon client, très perplexe, se rapprochait de la porte d'accès à l'arrière-boutique…

Il hésita quelques secondes. Puis la porte commença à s'entrouvrir, doucement.

— Monsieur Delorme, êtes-vous là ?

La main de ma tortionnaire allait de plus en plus vite. Nous retenions nos souffles.

La porte s'ouvrit un peu plus, s'arrêta, puis se referma. À travers le miroir sans tain, je vis mon client se diriger vers la sortie, l'air un peu inquiet.

J'éjaculai violemment, en décharges longues qui se répandirent sur les seins d'Ariane.

Le regard changé, celle-ci prenait un plaisir évident à voir ma semence gicler sur sa peau. Elle pompa mon phallus jusqu'au moment où je retins sa main.

Elle se releva, un petit sourire aux lèvres, prit le mouchoir que je lui tendais, s'essuya puis ramassa ses vêtements :

— Ne trouves-tu pas dommage que ton client ne soit pas entré ? Pauvre homme, il ne sait pas ce qu'il a manqué !

— Ma réputation aurait été perdue à jamais...

— Tu sais, ta réputation est déjà un peu sulfureuse, et l'intérêt de certaines personnes pour ta galerie n'est pas innocent, et pas simplement dû à la qualité de tes pièces !

— Crois-tu ?

— Allons, Jacques, ne me dis pas que tu n'en as pas conscience. Mais je suis un peu pressée, si tu veux, nous en discuterons plus tard. S'il te plaît, va chercher mon sac et mon manteau.

Je me rhabillai et allai chercher ce qu'elle demandait dans la galerie. Mon client était parti, sans s'apercevoir de rien.

Ariane mit ses vêtements en boule dans son sac, qui était de dimensions respectables, enfila son manteau de fourrure, se dirigea vers la porte. Elle se retourna cependant, en souriant malicieusement :

— Jacques, fais-moi plaisir, avant de vendre cette statue camerounaise, laisse-moi l'option de l'acheter...

La porte se referma sur son éclat de rire, avant que j'aie pu trouver une réponse adéquate.

II

Mon jour de fermeture était le lundi, que je consacrais à des visites à des confrères ou à des clients, ou encore à des tâches que je ne pouvais remplir le reste de la semaine. Parfois, je m'installais dans la galerie sans ouvrir, pour travailler sur certaines pièces ou sur la documentation considérable que j'avais accumulée sur mes étagères dans l'arrière-boutique.

Mais le lundi devint bientôt le jour de Sophie.

Sophie était la fille d'un bon client, un haut fonctionnaire fédéral, collectionneur d'art chinois, devenu un ami. À vingt-trois ans, elle préparait une maîtrise en histoire de l'art à l'Université Mc Gill. Étant moi-même issu de la même université et titulaire d'un doctorat en cette même discipline, j'étais tout naturellement devenu son conseiller, et ma documentation, malgré ses inévitables limites, l'aidait puissamment.

Elle venait s'asseoir à un petit bureau que je lui avais installé en face du mien, dans l'arrière-boutique, ce qui lui permettait à la fois d'avoir un accès facile aux étagères couvertes de livres et d'objets, et de me poser des questions quand besoin était.

Au fil des mois, j'étais aussi devenu son ami et son confident, une sorte d'oncle qui servait de palliatif à des relations très ténues avec ses parents.

Depuis quelque temps, cependant, nos séances de travail avaient pris une tournure pour le moins troublante, du moins en ce qui me concernait, car rien ne transparaissait du côté de ma jeune amie.

Sophie n'était pas vraiment belle, mais il émanait d'elle une sorte de magnétisme sensuel que démentaient son visage assez charmant de blonde, et ses grands yeux bleus constamment étonnés, partiellement dissimulés par des lunettes, qui lui donnaient un faux air innocent.

Le contraste avec son air d'intellectuelle un peu désincarnée venait de sa bouche pulpeuse, de son corps mince, au buste étroit qui soutenait des seins assez gros et à la ferme rondeur, et aux longues jambes nerveuses que dominaient des fesses très rondes, dont la forme était soulignée par une cambrure assez accentuée.

Elle s'habillait bien, mais assez strictement, soit de robes longues assez amples, soit de jupes droites et chemisiers, mais mon œil avait pu retenir la vision fugitive, avec ses mouvements, de la courbe de ses seins, ou du clivage de ses fesses, ou encore de la ligne de son slip...

Mais depuis quelque temps, disais-je, son attitude s'était modifiée.

Il y avait eu, tout d'abord, un changement radical dans sa mise. Elle avait abandonné le port du soutien-gorge, ce qui me permettait d'admirer à loisir les deux globes, que dissimulaient mal les chemisiers, et ses jupes étaient sensiblement plus courtes et épousaient plus étroitement ses formes. J'avais même constaté qu'elle portait des slips plus échancrés, quelquefois des cache-sexe, les textiles parfois très fins de ses jupes laissant en effet transparaître par instants leur dessin.

Une enquête discrète me permit de constater qu'elle n'avait pas de petit ami à ce moment-là.

Sophie avait également changé sa façon de travailler. Au début, elle se tenait très droite à sa table, les jambes croisées sagement, et ne s'entourait que du minimum de documentation, préférant se déplacer assez souvent et me poser régulièrement des questions.

Depuis qu'elle avait modifié sa façon de s'habiller, elle s'entourait d'une pile de livres impressionnante, qui allait jusqu'à cacher son visage, et demeurait plongée dans ses travaux pendant de longues périodes.

Sa posture n'était plus la même. Elle ne se tenait plus droite, mais elle avait tendance à s'adosser à son fauteuil, en une pose plus abandonnée qui faisait ressortir ses jambes sous son bureau. Elle croisait haut les jambes désormais, me donnant, inconsciemment semblait-il, le plaisir de contempler ses cuisses.

Mais surtout, au fil des minutes, ses jambes se décroisaient très progressivement, me faisant découvrir, lentement, l'intérieur des cuisses, puis le triangle du slip, qu'elle découvrait de plus en plus largement, jusqu'à m'offrir la vision très précise de la forme, de la texture et de la couleur de la culotte, le léger bombé du sexe et, parfois même, le découpage de la fente.

La première fois que cela se produisit, je crus au hasard, et remerciai la providence de m'avoir permis de m'en délecter. Mais cela se reproduisit ensuite à chaque séance, à tel point que j'attendais le lundi avec une impatience grandissante.

Ces jours-là, il m'était quasiment impossible de me concentrer, même si ma jeune disciple, par moments, se levait pour aller chercher ou ramener des livres, ou montrait son visage au-dessus de la pile pour me parler, mettant fin pour un temps à mon tourment.

Un jour, je perdis toute illusion quant à l'innocence de Sophie.

Comme à l'accoutumée, quelques longues minutes après s'être installée à sa table, elle avait pris sa posture abandonnée, le compas de ses cuisses largement ouvertes m'offrant la vue d'un cache-sexe rouge, qui s'enfonçait dans la naissance de ses fesses. Le slip était tellement bref que je distinguais clairement quelques fines boucles de poils pubiens blonds dépassant de chaque côté de la culotte. Et puis je vis, un peu plus tard, une tache humide, qui s'élargissait imperceptiblement, à hauteur de la fente.

Je me dis que c'était le moment de la confondre gentiment. Dissimulant tant bien que mal mon érection, je me levai brusquement.

Sophie était adossée au fauteuil, les joues toutes rouges, les yeux fermés, la bouche entrouverte. Elle se redressa si vite qu'elle faillit renverser son fauteuil. Sur sa table, le livre qu'elle était censée lire était fermé, et son stylo également fermé sur une page demeurée blanche témoignait du caractère peu studieux de son activité du moment.

Elle leva ses grands yeux vers moi ; son visage avait repris son air habituel d'intellectuelle.

— J'ai dû m'assoupir, excuse-moi. Je me suis couchée tard hier soir, je devais rendre un travail sur lequel j'avais pris du retard.

— Je comprends. Veux-tu rentrer chez toi ?

Elle acquiesça en souriant, rassembla ses affaires, déposa un baiser minuscule sur ma joue et sortit.

J'étais ravi de découvrir que Sophie se livrait délibérément à des jeux pervers, et qu'elle y prenait plaisir. Je décidai de m'y prêter, et préparai soigneusement ma stratégie.

Sophie avait choisi de faire une étude comparative de la peinture chinoise par rapport à la peinture japonaise comme sujet de mémoire de maîtrise, et je lui fournissais non seulement l'accès à ma documentation mais aussi à mes réserves. J'avais aussi l'habitude de montrer à ma disciple mes nouveaux arrivages, ce qui était le prétexte à des discussions techniques sur les pièces, qui venaient à peu près du monde entier.

Le lundi suivant, elle était fidèle au rendez-vous. À mon grand étonnement, elle était habillée d'un chemisier sagement fermé sur un soutien-gorge qui cachait trop bien la courbe de ses seins, d'une jupe longue et ample, et de souliers plats.

Voulait-elle me punir de l'incident de la dernière fois ? Je décidai néanmoins de donner suite à mon plan.

— Sophie, je viens de recevoir des peintures érotiques chinoises du XVIIIe siècle. Veux-tu les voir ?

— Je ne sais si cela entre exactement dans le cadre de mon sujet de mémoire, mais montre-les-moi, et je verrai si je peux en faire quelque chose.

J'allai chercher un album de trente peintures, reliées dans un carton couvert de soie. Cette pièce assez exceptionnelle provenait en fait de la collection de ma tante, dont j'ai parlé plus tôt. Chaque peinture montrait un couple, dans une position amoureuse différente. Parfois, un autre ou plusieurs autres personnages étaient ajoutés autour de la scène centrale : voyeurs et voyeuses, passifs ou masturbateurs, parfois faisant l'amour dans les buissons, en regardant le couple central. Le peintre, assez connu, s'était surpassé, l'ensemble était minutieusement dessiné, les détails étaient très réalistes et les couleurs, encore bien conservées, étaient superbes.

Un texte en marge, écrit en caractères chinois, expliquait en détail chaque scène. Sophie n'aurait pas trop de peine à déchiffrer le texte, car elle était déjà titulaire d'un diplôme dans cette langue.

Ma jeune amie s'installa à sa table. Elle avait adopté sa posture des premiers temps, la studieuse, le dos droit et les jambes croisées. Je m'étais assis à mon bureau, devant divers documents, et l'observais discrètement.

Elle se mit à feuilleter, très lentement, l'album. À la troisième peinture, elle se mit à rougir, et sa bouche s'ouvrit, en un O silencieux. Elle s'agita sur son siège et décroisa ses jambes, que sa jupe longue, à mon grand regret, dissimulait. Sa bouche formait les mots chinois du commentaire marginal, silencieusement. Elle en comprenait visiblement le sens, car son attitude reflétait la plus grande confusion. Elle était adorable à regarder.

Je décidai de passer à la deuxième partie de mon plan. Je me levai doucement, lui laissant ainsi le temps de retrouver son calme, du moins en apparence. Elle avait néanmoins les joues très roses quand elle leva le regard vers moi, et ses lunettes laissaient voir le trouble dans ses yeux.

— Sophie, je dois aller faire quelques courses, et j'en aurai à peu près pour une demi-heure. Je te confie la galerie.

— Entendu.

Elle ne fit pas de commentaire sur sa lecture. Je quittai l'arrière-boutique, laissant entrouverte, comme par mégarde, la porte la séparant de la galerie. J'allai jusqu'à la porte d'entrée de la galerie. J'ouvris la porte, et la fermai bruyamment, à clef, comme si j'étais sorti. J'attendis quelques minutes, puis je revins sur mes pas, silencieusement, aidé en cela par la moquette qui couvrait le sol.

Je m'installai derrière la porte de séparation, et attendis. Le mince intervalle qui séparait la porte de son cadre, côté gonds, me permettait de voir sans être vraiment remarqué.

Le spectacle qui m'attendait dépassa mes espérances.

Sophie avait repris sa lecture, et son trouble était de nouveau apparent. Elle avait repris la pose languide qui la caractérisait depuis quelques semaines, le dos appuyé au fauteuil, et sa main droite semblait avoir disparu sous la table.

Je m'accroupis pour voir ce qu'il en était.

Sa jupe était retroussée jusqu'à la ceinture, et elle ne portait pas de slip en dessous.

Ses cuisses largement ouvertes me laissaient voir son sexe, sur lequel sa main s'activait. Je pus ainsi goûter à loisir la vision polissonne de la fente longue et rose, au bas de laquelle perlait une liqueur nacrée, surmontée du clitoris, qui saillait hors de son capuce, le tout encadré d'une frise de boucles blondes transparentes.

Son index venait de s'enfoncer délicatement dans la coquille, pour recueillir un peu de la liqueur, avant de remonter jusqu'au clitoris, qu'il flatta doucement, en un mouvement rotatif, régulier.

La main gauche vint rejoindre la droite, pour écarter mieux les lèvres, et y enfoncer deux doigts, en un doux mouvement de pénétration, puis de va-et-vient.

Malgré l'inconfort de ma posture, je restai là quelques instants sans bouger, fasciné par le spectacle qui se déroulait devant moi.

Mais je ne résistai pas longtemps à la tentation. Je m'agenouillai et défis ma braguette, pour donner à mon sexe bandé la liberté auquel il aspirait depuis de longues minutes. Le bruit de la fermeture Éclair hâtivement ouverte me fit frémir, et j'eus peur, pendant une fraction de seconde, d'avoir attiré l'attention de Sophie.

Ayant constaté que, toute à sa caresse, elle n'avait rien remarqué, je commençai à me masturber.

Ma jeune amie avait légèrement relevé le ventre vers l'avant et posé les jambes, largement ouvertes, sur son bureau, dégageant le début du pli fessier, et l'anus dont je pouvais maintenant distinguer le froncé. Tandis que son pouce continuait sa manœuvre dans la fente, le majeur envahit le petit orifice, s'enfonçant lentement à mi-course. Le mouvement de va-et-vient sur la coquille et l'anus s'accéléra, en un rythme synchrone, qui s'harmonisait avec ma caresse onaniste.

Bientôt nos souffles se raccourcirent, à l'unisson. Je sentais mon orgasme venir, lorsque, soudain, j'entendis la voix de Sophie :

— Ne reste pas là, viens !

D'abord pétrifié, je me relevai et remis un peu d'ordre dans ma tenue, avant d'entrer dans l'arrière-boutique. Sophie leva les yeux vers moi. Son visage, transformé par la luxure, n'était plus celui de la jeune intellectuelle quelque peu perverse auquel j'étais habitué, mais celui d'une femme qui brûlait de l'ardent désir de jouir de son corps.

— Assieds-toi et regarde-moi. Je veux te voir te branler, moi aussi.

La crudité du langage, surtout venant de Sophie, fut un stimulant supplémentaire à ma lubricité. Je m'assis à ma table, dégrafai largement mon pantalon et ouvris mon slip, pour mieux libérer ma tige et ses attributs.

Mon sexe avait repris sa roideur, et se dressait sur mon ventre. Je décalottai lentement le gland, en regardant ma jeune disciple, tandis que l'autre main massait les testicules. J'imprimai un mouvement de pompe à la main qui enveloppait la hampe, de plus en plus vite, et le gland, devenu rouge, se mit à luire.

Sophie, les yeux rivés sur mes mouvements, avait recommencé à se caresser, des deux mains, et je voyais un peu de sa liqueur d'amour sourdre de sa jolie moule.

Cette masturbation voyeuse était un stimulant aussi puissant que si nous nous étions caressés mutuellement.

Bientôt, nos mouvements s'accélérèrent, nos respirations devinrent oppressées.

Sophie se mit à gémir, en cadence, d'abord doucement puis de plus en plus fort. Soudain elle cria, brièvement, son corps entier se tendit, le mouvement de sa main sur son clitoris devenu très rapide. Devant ce spectacle insoutenable de lubricité, je jouis, répandant mon sperme sur le sol.

Il nous fallut plusieurs minutes pour retrouver notre calme et reprendre notre souffle. Quand nous rouvrîmes les yeux, nous échangeâmes un sourire complice.

Sans nous être touchés, même un instant, nous avions fait l'amour ensemble, et cette prise de conscience nous donnait le vertige. Nous mîmes de l'ordre dans notre mise. Cette séance d'amour nous avait épuisés.

Sophie s'approcha de moi. Nous nous enlaçâmes, et échangeâmes un long baiser passionné. Je pense que nous serions allés plus loin, mais Sophie avait un cours à l'Université et devait donc s'éclipser rapidement.

Elle me regarda. Ses grands yeux bleus, derrière ses lunettes, avaient perdu cet air ingénu que je lui avais connu jusque-là.

— Il y a longtemps que j'attendais ce moment. Jacques, tu m'as comblée...

— Toi aussi, Sophie. Mais il ne faut pas en rester là. Il y a d'autres voies, toutes aussi exaltantes, à explorer ensemble, tu verras.

Elle sourit de nouveau, déposa un baiser léger sur mes lèvres :

— À bientôt.

Elle sourit, me laissant à ma rêverie. Évidemment, j'aurais pu m'attendre à ce que quelque chose se passe entre nous, compte tenu du changement radical qui s'était opéré dans le comportement de Sophie. Mais je n'imaginais pas que tout cela avait, finalement, été soigneusement pensé, comme seule une femme peut le faire quand elle a un homme en tête.

Une dernière surprise m'attendait.

Je m'apprêtais à ranger l'album de peintures érotiques, qu'elle avait laissé ouvert sur sa table. La peinture qui se présentait sous mes yeux attira mon attention : elle représentait un couple en train de se masturber l'un en face de l'autre, exactement à l'image de ce que nous venions de vivre...

III

Sophie revint le lundi suivant, mais j'avais été obligé de m'absenter pour la journée, pour aller expertiser une succession. Lorsque je revins à la galerie, ma jeune disciple était partie, mais une enveloppe assez épaisse portant mon nom avait été posée sur mon bureau.

J'ouvris l'enveloppe : un petit mot écrit de l'écriture large de Sophie, disait ainsi :

— Jacques, je ne t'ai pas vu de la journée, et je me languis. Je te laisse ceci en gage.

Je secouai l'enveloppe, et une pièce de coton noir froissé en tomba... Sophie m'avait laissé son slip, en guise de souvenir.

Je pris le vêtement minuscule, qui était légèrement humide, et le portai à mon visage. Une odeur marine monta à mes narines, éveillant mon désir.

Je décidai de téléphoner à Sophie. Sa voix était rieuse au téléphone :

— Jacques, j'ai bien travaillé aujourd'hui, mais je n'ai pas eu droit à ma récréation. As-tu bien reçu mon message ?

— Oui, il était très clair, et c'est la raison pour laquelle je t'appelle...

— Écoute, j'aurais aimé explorer de nouvelles voies avec toi...

— Sophie, tu vas explorer une nouvelle voie dès maintenant. Imagine-toi de nouveau dans l'arrière-boutique de la galerie avec moi. Nous avons fini de travailler ensemble, et la journée a été très fructueuse. L'après-midi touche à sa fin, et c'est le temps de la détente.

— Jacques, te dis-je, tu m'avais promis que nous explorerions ensemble de nouvelles voies de jouissance, ne te moque pas de moi !

— Attends un peu et écoute... Tu es encore assise à ta table, je m'approche, je suis derrière toi, je mets les deux mains sur le dossier de ton fauteuil, lui faisant opérer une rotation qui te place en face de moi. Je m'agenouille devant toi...

— ... Je crois deviner ce que tu as en tête, et mes jambes s'ouvrent à toi, t'offrant la vue de ma culotte, minuscule et si transparente qu'elle te permet de voir ma motte, chaude et déjà juteuse...

— ... Ma tête est maintenant entre tes jambes, mon visage se rapproche de ta fente. Mes yeux se repaissent de la vision de la coquille oblongue et ourlée à travers le slip, mes narines reçoivent ta senteur intime, et ce coup de fouet à mes sens accentue la roideur de mon sexe, qui s'impatiente dans mon pantalon. J'écarte ta culotte sur le côté, ma bouche s'accole à ta vulve, en un baiser coquin...

— ... Qui me fait frémir, et je me tends un instant sous le choc délicieux de la sensation, poussant impudiquement mon ventre en avant pour que le contact soit encore plus étroit entre tes lèvres et celles de mon sexe...

— ... Je ferme les yeux, glisse la langue dans ta fente, puis sur le pourtour, décrivant la forme de la moule...

— ... Je gémis, de jouissance, mais aussi pour t'inciter à continuer ton exploration...

— ... Mes lèvres atteignent le clitoris, ma langue le caresse, mes lèvres l'aspirent doucement puis le relâchent...

Sous l'effet de cette conversation, ma main droite avait libéré mon sexe en érection, et avait commencé son mouvement de pompe. Sophie devait aussi se caresser, je pouvais en juger par le fait que sa voix s'était altérée :

— ... Je n'en peux plus de jouissance, mais j'en veux plus encore, j'ai pris ta tête entre mes mains et la guide contre mon entrecuisse...

— ... Je passe ma langue à l'intérieur des lèvres, de bas en haut, m'arrêtant un instant au clitoris pour le prendre entre mes lèvres, le sucer doucement, puis je répète ce mouvement, progressivement, de plus en plus vite...

Un court silence, suivi d'un gémissement, confirma mon impression : tout comme moi, Sophie devait se masturber en poursuivant cette conversation inouïe :

— ... La sensation bientôt devient insoutenable, et je ne peux plus me retenir. Je jouis, mon orgasme irradie dans tout mon corps qui se tend, mes hanches font le mouvement de faire l'amour, et je décharge, ma liqueur se répand sur ta langue et tes lèvres...

— ... Je bois avec délices ta liqueur, goutte à goutte...

— ... Ah, je vais jouir... oui, ça vient, ah !

Un bruit de chute me fit penser que le téléphone de Sophie était tombé. Un silence s'ensuivit, puis, de nouveau la voix de mon amie, un peu essoufflée, passionnée, se fit entendre :

— Ah ! Jacques, que c'est bon, tu es un vrai démon. Mais attends, la scène que nous venons de créer n'est pas encore arrivée à sa fin... Écoute bien... ... Encore étourdie par l'orgasme violent qui m'a secouée de fond en comble, je me lève, te tends les mains et te fais te relever. Je te pousse doucement vers mon fauteuil, où tu t'assieds. C'est à mon tour de m'agenouiller devant toi...

Ma main, un instant immobile, avait repris son massage le long de mon sexe, et je me masturbai, lentement, en écoutant la voix de Sophie :

— ... J'ouvre tes cuisses, me glisse entre elles. Je dégage ton sexe de ton slip, son odeur puissante m'attire et m'excite. Je le regarde : il se dresse, il est relativement court mais très épais, probablement le fruit de nombreuses manipulations solitaires, parcouru de veines très apparentes, légèrement courbé vers le haut, surmonté par un gland large et carmin. Ma main s'empare de la tige, chaude et raide, masse de haut en bas, faisant apparaître et disparaître le gland qui luit. Je lève les yeux vers toi, une sorte de rictus douloureux se dessine sur ton visage...

— ... Je regarde ta main, qui serre ma tige, le mouvement inexorable qui fait monter ma jouissance...

— ... Mon autre main s'est emparée de tes couilles, qu'elle masse, passant derrière pour masser la racine de la hampe. Ta queue bat au rythme de tes pulsations...

— ... Mon excitation est amplifiée par le fait que tu es entièrement habillée, et que je dois deviner tes formes à travers tes amples vêtements. J'ai envie de te toucher, mais je suis cloué à mon siège, entièrement à ta merci...

— ... Je décide de changer de jeu. J'approche mon visage de ton manche, mes lèvres s'entrouvrent, ma langue s'avance jusqu'au gland, qu'elle touche à peine, par petits coups, puis plus précisément, en léchant le dessous du gland, son méat...

— ... Sous l'effet combiné de l'excitation et de la sensation, une perle de liqueur apparaît à l'orifice du gland. Ta langue a tôt fait de s'en emparer, et tu goûtes ce jus avec une visible délectation...

— ... Ma gourmandise est encore insatisfaite. Mes lèvres s'ouvrent et englobent le gland, puis le relâchent, très lentement, puis le reprennent et le relâchent de nouveau, doucement, doucement...

— ... Je regarde ta bouche s'emparer de moi, tes jolies lèvres sensuelles qui s'arrondissent pour pouvoir prendre le gland en entier, qui se distendent pour en enserrer la forme, qui l'enduisent de salive, le rendant brillant...

— ... J'en veux plus encore, et ma bouche insatiable reprend le gland encore, puis enveloppe le reste de la hampe, peu à peu, tout en aspirant...

Pendant tout le temps de cet échange, ma main avait repris sa caresse, le long de mon sexe, de plus en plus vite, mon souffle s'accéléra, ma voix devenue rauque trahissait mon état à celle qui était à l'autre bout de la ligne. Je repris :

— ... Tes joues se creusent sous l'aspiration, et la sensation devient plus forte encore. L'envie me vient de faire l'amour à ta bouche, mais tu me tiens fermement et je ne peux...

— ... Ma main a repris son mouvement de massage de bas en haut, et ma bouche, au niveau du gland, poursuit sa succion, va-et-vient, va-et-vient... Je sens ta queue se raidir encore plus, ce qui semble annoncer l'approche de ta jouissance... Oui, tu jouis, et tu décharges, en giclées courtes et fortes, qui emplissent rapidement ma bouche. Bientôt la semence commence à sourdre de ma bouche et se répand sur mes lèvres et mon menton, mais je ne veux rien perdre de ce nectar précieux, et j'avale avec avidité, me délectant au passage de la texture et du goût sauvage...

— ... Sophie, je n'en peux plus, je vais jouir, ah...

Mon sperme s'était répandu sur mes doigts et sur mon ventre, et j'étais resté silencieux quelques instants, sans répondre aux mots de Sophie qui, devinant ce qui s'était passé, me laissait me reposer un peu.

Je posai le téléphone sur mon bureau, et allai nettoyer ce qui devait l'être, puis je revins à ma compagne de luxure :

— Sophie, tu étais vraiment très inspirée, mon excitation était à son comble, et ma jouissance finale a été particulièrement poignante.

— Moi aussi, j'ai adoré cette nouvelle expérience. Cela me donne envie d'explorer d'autres voies avec toi.

— Tu me sembles posséder des dispositions excellentes pour les jeux amoureux. J'aurais aimé rencontrer ton maître.

— J'en ai eu plusieurs, et non seulement des maîtres mais des maîtresses. Cela t'intéresse-t-il d'en savoir plus ?

— J'aimerais que tu me racontes un jour.

— Pour cela, il faudra que tu paies le prix, en plaisirs, bien entendu !

— Soit, tu fixeras le prix.

— À très bientôt, donc ?

— Oui, à très bientôt ma belle !

IV

La semaine suivante j'étais encore occupé, et Sophie dut travailler toute seule.

J'avais prévu de rester dehors tout l'après-midi, mais mon dernier rendez-vous fut annulé. Ayant, de ce fait, fini assez tôt, il me vint l'idée de faire un tour à la galerie, espérant que la bonne fortune me sourirait comme la semaine précédente.

À ma grande surprise, la porte d'entrée de la galerie n'était pas verrouillée. Guidé par un pressentiment, j'eus la présence d'esprit de la refermer discrètement, de la verrouiller, et me dirigeai sans bruit vers l'arrière-boutique.

Alors que je m'approchais de la porte de séparation, un son, d'abord indistinct puis plus précis, me parvint : quelqu'un gémissait, en cadence me semblait-il. Malheureusement, la porte était fermée, me laissant à la frustration de ne pas savoir ce qui se passait.

Le gémissement se poursuivait, parfois sourd, parfois plus fort, ne laissant que peu de doute sur ce qui devait se passer derrière la porte : quelqu'un jouissait, il me semblait même distinguer des mots :

— Ah... Vite... Amour... Enfonce... Oui... Ah... Fort... Encore...

En proie à la plus vive curiosité, et très ému par ce que j'entendais, j'ouvris la porte, très doucement. Bientôt, l'intervalle qui séparait la porte du mur côté gonds fut suffisamment grand pour me permettre d'entrevoir ce qui se passait dans l'arrière-boutique.

Ce que je vis dépassa mes attentes.

Sophie était à genoux sur son fauteuil, entièrement nue, la croupe tournée vers l'avant du siège. Derrière elle, Ariane, également nue, à genoux sur le sol, la soumettait à ce qui semblait être un délicieux supplice.

D'une main, Ariane enfonçait un godemiché dans l'anus de Sophie. L'instrument, apparemment bien lubrifié, allait et venait avec une belle régularité dans le petit orifice, quelque peu distendu mais qui semblait soutenir bravement l'outrage. Sophie accueillait l'invasion avec un gémissement à chaque poussée, tendant sa croupe rebondie vers le godemiché, et un coup de rein souple et rythmé qui arquait son dos.

L'autre main d'Ariane s'activait sur la fente de la jeune suppliciée, l'index imprimant un mouvement rotatif sur le clitoris, tandis que le pouce restait enfoncé dans la coquille, qu'il titillait doucement.

Sophie disait des mots sans suite, entrecoupés de gémissements :

— ... Enfonce bien, oui, ah j'aime, encore, oui, là, ah mon amour, plus doux sur le clito, lubrifie un peu, oui comme ça, tu me fais jouir, ah comme tu me fais du bien, plus vite dans le cul, ah, oui c'est bien...

Mon excitation était à son comble, et je me mis à frotter doucement mon sexe à travers mon pantalon. Je m'apprêtais à ouvrir ma braguette lorsque Sophie, s'arrêtant brusquement de bouger, se tourna vers l'endroit où je me trouvais.

— Jacques, je te vois dans le miroir, entre et joins-toi à nous !

Je ne me fis pas prier, entrai et me défis rapidement de mes vêtements. Ariane, surprise, s'était tournée vers moi, me regardant me déshabiller. Mon sexe érigé battait très légèrement à chacune de mes pulsations, mais son air quelque peu menaçant ne semblait pas impressionner mes compagnes. Sans quitter sa position, Sophie m'attira vers elle.

— À moi d'abord, n'oublie pas nos jeux, ils se poursuivent aujourd'hui !

— Je ne savais pas que tu connaissais Ariane, et qu'elle était invitée à nos explorations, mais je m'en réjouis !

Ariane sourit à notre courte conversation :

— Il faut que tu saches que je connais Sophie depuis son enfance. Sa mère et moi sommes très liées, et j'avais depuis longtemps des vues sur son éducation amoureuse. Je m'y employais depuis quelques mois quand tu es entré dans notre vie, et nous avons décidé ensemble de te faire entrer dans notre univers érotique, car tu nous semblais digne d'en faire partie.

— Vous m'en voyez très flatté...

Pendant ces quelques mots, Sophie avait commencé de s'occuper de mon sexe. D'une main elle serrait doucement la tige, et la massait lentement, tandis que l'autre main caressait les testicules. Elle soupira :

— Mmm, que ça sent bon la bête, que ça bande bien. Ça t'a fait de l'effet de nous voir, n'est-ce pas ? Ariane, je vais le préparer pour toi.

Elle approcha son visage de mon sexe. Sa bouche s'ouvrit pour englober le gland. Sa langue en flatta le dessous, puis la pointe. La sensation, poignante, me fit plier les genoux.

Entre-temps, Ariane avait repris ses activités, entourant l'anus et le sexe de Sophie de ses soins amoureux. Celle-ci se remit à gémir, ses gémissements quelque peu étouffés par le fait qu'elle avait maintenant pris ma verge dans sa bouche, s'appliquant à la sucer vigoureusement.

Les joues creusées par le jeu auquel elle se livrait, Sophie serra mon sexe avec le cercle formé par le pouce et l'index d'une main, et commença à imprimer à ses doigts un mouvement de va-et-vient rapide, tandis que sa jolie bouche sensuelle s'affairait sur le gland. La vision de Sophie attachée à mon sexe, et d'Ariane prodiguant ses soins à ses arrières était un puissant stimulant, et nos soupirs, gémissements et souffles courts pouvaient en témoigner.

Sophie s'arrêta au bout de quelques instants, me regarda.

— Je pense que tu es prêt à servir Ariane, tu bandes bien maintenant.

— Que dois-je faire ?

— Fais-lui exactement ce qu'elle me fait, mais en te servant de ta bite.

Je me tournai vers Ariane. Celle-ci fronça les sourcils.

— Mais je ne suis pas préparée !

— Ne t'inquiète pas, Jacques va s'en occuper, n'est ce pas, Jacques ?

— Bien sûr, tes désirs sont toujours des ordres !

Afin que nous puissions tous profiter du spectacle que nous allions offrir, je plaçai le miroir sur le côté. Puis je me mis à genoux derrière Ariane. Sa croupe, tendue vers moi, était superbe. Les deux globes de ses fesses, séparés par sa posture cambrée, laissaient voir en leur milieu la petite ouverture un peu plus foncée, au-dessus de la fente ourlée du sexe, entrouverte, qui laissait passer un peu de liqueur nacrée.

Je caressai doucement la fente, trouvant le clitoris que je flattai. Ariane était déjà très mouillée, et je fus tenté de la pénétrer. Mais, comme j'approchais la pointe de mon gland contre les lèvres de la vulve, Ariane eut un mouvement de recul et, me repoussant :

— Non ! Sophie t'a dit de me faire comme à elle ! Pas de fantaisies ! Tiens, prends ceci.

Elle me tendit un petit flacon d'huile pour les soins corporels, et je compris qu'elle s'en était servi pour lubrifier l'entrée du godemiché dans l'anus de Sophie. J'en versai quelques gouttes sur mes doigts, et commençai à en enduire le minuscule orifice et son pourtour, en un lent massage qui, joint à celui que je prodiguai à la fente, fit roucouler de plaisir ma partenaire :

— Ah, Jacques, que c'est bon, dépêche-toi de me préparer, j'en ai envie...

J'introduisis mon index préalablement huilé dans le petit trou froncé, en une pénétration délicate, que je fis durer un moment, puis j'ajoutai, très doucement, un deuxième doigt, faisant pénétrer cette double épaisseur tout en appliquant le lubrifiant.

Pendant tout ce temps, je continuais mes caresses à la jolie fente, du clitoris jusqu'à la base des lèvres. Ariane, toute pantelante, fut enfin prête au sacrifice...

Toujours à genoux, je me rapprochai d'elle, lubrifiai un peu mon sexe, le mis à hauteur de son anus, et touchai celui-ci de la pointe du gland.

— Ariane, quand tu seras prête, tends tes fesses vers moi et empale-toi toute seule à mon sexe, lentement, jusqu'au moment où tu te sentiras bien...

Je suivis ainsi, fasciné, le mouvement d'Ariane qui, selon mes instructions, se cambra doucement, tendant les fesses vers mon sexe bandé. L'orifice minuscule offrit d'abord une certaine résistance, mais ma partenaire allait progressivement, suivant la fluctuation de ses sensations. Je vis le gland s'enfoncer peu à peu. Ariane ondulait très doucement sous moi, et mon sexe disparut lentement jusqu'à mi-course.

— À toi de bouger maintenant, Jacques, va doucement, ah, que c'est bon...

Je n'attendais que cela. Je commençai à donner à mon ventre un mouvement d'avant en arrière, très lent et très ample, dégageant et replongeant ma cheville amoureuse dans la gaine étroite qui, bien que tout à fait détendue maintenant, la serrait fort. De la main droite, je m'emparai du sexe d'Ariane, caressant le clitoris avec l'index préalablement lubrifié dans sa conque.

Ariane avait repris soin de Sophie, en une invasion canaille, jumelle de celle qu'elle subissait. Sophie, à l'aide du miroir, pouvait voir l'ensemble de nos mouvements, et paraissait s'en délecter.

— Quel bel ensemble ! Jacques, enfonce bien profond ta queue, Ariane aime ça !

— Qu'en sais-tu ?

— Je l'ai déjà enculée avec le gode que j'ai dans le cul, ah que c'est bon, Ariane, mon cœur, plus vite et plus au fond, là, oui comme ça...

— Jacques, un peu plus fort, oui comme ça, ah...

Je pouvais voir mon pieu de chair violer les fesses de ma partenaire, aller et venir inexorablement au milieu de ces deux globes luxurieux. Nos soupirs et nos exhortations se mêlaient, nos corps brillants de transpiration luisaient dans l'éclairage intime dispensé par les lampes de bureau.

Ariane ondulait sous moi, ses coups de reins allant chercher mes assauts, en un mouvement qui devenait de plus en plus ample et rapide. Sophie s'empalait sur le godemiché avec un bel enthousiasme, sa croupe allait et venait de plus en plus vite, et ses gémissements couvraient les nôtres.

Elle jouit la première, et ses cris emplirent l'arrière-boutique, donnant un coup de fouet à nos sens. Ariane se cabra brusquement, donnant des coups de plus en plus désordonnés avec sa croupe, et cria :

— Jacques, vas-y plus fort, oui, ah, je jouis !

N'y tenant plus, je déchargeai dans le fondement de ma partenaire, qui soutint vaillamment mes derniers coups de reins avant de s'écrouler sous moi.

Un long silence s'ensuivit, interrompu seulement par nos souffles oppressés. Je me levai le premier, et allai faire mes ablutions dans le cabinet de toilette adjacent à l'arrière-boutique.

Quand je revins, mes compagnes étaient enlacées et échangeaient un baiser passionné.

— Allons, mesdames, vous êtes donc insatiables !

Ariane se tourna vers moi, un sourire coquin aux lèvres :

— Oui Jacques, nous sommes insatiables, il faudra que tu t'y fasses...

— ... Et que tu nous satisfasses !, ajouta Sophie, fort à propos.

Nous allâmes ensemble dîner d'un repas fort copieux et bien arrosé, qui calma nos faims d'ogres et fut l'agréable conclusion d'une soirée ponctuée de plaisirs sensuels.

V

Ces mémoires intimes seraient incomplètes si je ne parlais pas de Barbara.

Barbara faisait partie de la haute bourgeoisie de Montréal. Georges, son mari, avait fait fortune dans le domaine de la mode, et elle-même s'était taillé une carrière brillante dans ce milieu.

Ils étaient venus me rendre visite une première fois, sur la recommandation d'amis, parce qu'ils cherchaient une paire de vases pour décorer le manteau de leur cheminée. J'avais trouvé deux pièces qui leur avaient plu, et ils avaient pris l'habitude de venir me voir de temps en temps. Sans être des collectionneurs passionnés, ils étaient quand même devenus des clients réguliers et, avec le temps, des amis.

À soixante ans, Georges, toujours extrêmement actif, voyageait beaucoup, en particulier vers l'Europe et l'Amérique du Sud. Accaparée par son propre métier, Barbara ne le suivait que rarement. Elle venait parfois me voir lorsque son mari était en voyage, et j'appréciais beaucoup les visites de cette quinquagénaire élégante et raffinée.

Elle me rendit ainsi visite une fois, au début du printemps, alors que son mari était parti, pour quelques semaines, en Amérique du Sud avec leur fils.

Ce jour-là, Barbara était habillée d'une robe en jersey plutôt moulante et de souliers hauts. L'ensemble, de couleur noire, sa couleur préférée, mettait en valeur son teint clair, sa chevelure de jais coupée en carré, et sa silhouette de taille moyenne aux formes opulentes et fermes. Elle était souriante.

— Jacques, j'ai besoin de votre aide.

— Que puis-je faire pour vous ?

— J'ai une statue en bois, à laquelle je tiens beaucoup, que je voudrais faire restaurer et monter sur un socle. Je vais vous la montrer.

Elle sortit d'un grand sac une longue boîte recouverte de soie, visiblement chinoise, me la tendit. Au passage, mes doigts rencontrèrent les siens par mégarde, mais elle ne les retira pas tout de suite. Son regard se fixa sur le mien, l'espace d'une fraction de seconde, puis baissa aussitôt, à tel point que je crus à une illusion.

La pièce que Barbara m'avait apportée était une statue de Kuan Yin magnifiquement sculptée, visiblement ancienne, laquée et dorée, de taille moyenne, probablement du début de l'époque Ming. Un de ses bras s'était effectivement détaché, ainsi que la main de l'autre bras. Une partie importante de la dorure avait disparu, et les traces restantes menaçaient de tomber.

— Barbara, cette vénérable statue porte tout simplement les traces de son grand âge. Où l'avez-vous trouvée ?

— En fait, elle me vient de mon père, qui l'avait achetée à Singapour il y a une quarantaine d'années lors d'un de ses voyages d'affaires. Qu'en pensez-vous ? Que pouvez-vous faire ?

— C'est une très belle pièce, vraisemblablement Ming. Elle mérite d'être restaurée, mais je ne suis pas en mesure de faire le travail. Je vais vous indiquer quelqu'un qui...

Barbara posa sa main sur la mienne.

— Non, Jacques, occupez-vous en, s'il vous plaît, vous saurez ce qu'il faut demander.

— Très bien, faites-moi confiance.

— Bien sûr...

Pendant ce court échange, sa main était restée posée sur la mienne. J'étais surpris de ce geste tout à fait inhabituel chez elle, mais le fus encore plus quand elle retira sa main, doucement, comme en une caresse. Je la regardai : ses yeux noirs se plantèrent de nouveau dans les miens, très brièvement, puis elle les baissa, ses longs cils servant de paravent discret.

— Je dois me sauver maintenant. Jacques, appelez-moi quand la statue sera prête. Merci d'avance. Bye !

Elle partit vite, me laissant le temps, cependant, d'admirer sa silhouette, le beau V de son dos, sa taille fine et l'arrondi de ses hanches voluptueuses, le galbe ferme de ses jambes gainées de bas noirs. La galerie gardait encore l'infime trace de son parfum...

Le travail à faire sur la statue n'était pas très difficile, et elle me revint au bout d'une semaine.

Barbara vint la chercher le lendemain, un jour grisâtre et venteux où il pleuvait très fort. Elle arriva au moment où je me disposais à fermer la galerie. Elle entra, secoua son parapluie ruisselant d'eau sur le seuil. Toujours tirée à quatre épingles, elle était vêtue d'un ensemble en lin noir, chemisier et jupe droite. Elle frissonnait.

— Jacques, je suis trempée, j'ai oublié mon imper et, sous cette pluie et ce vent, mon parapluie ne suffisait pas. Je voudrais faire sécher mes vêtements, avez-vous un cabinet de toilette où je pourrais le faire ?

— Bien entendu...

Un peu interloqué, je la menai dans l'arrière-boutique, lui indiquai le cabinet de toilette, puis rejoignis la galerie. La voix de Barbara me parvint à travers la porte de séparation :

— Avez-vous un manteau à me prêter ? Je ne suis pas très décente telle quelle !

— Ne bougez pas, je vais vous donner mon imper.

Une main se montra dans l'embrasure de la porte. Je lui tendis mon vieil imperméable, non sans hésitation étant donné son état un peu décrépit, mais c'était le seul que j'avais et j'y tenais beaucoup. La main disparut derrière la porte avec lui.

La porte se rouvrit bientôt, et Barbara apparut, vêtue de mon manteau de pluie.

Elle en avait relevé le col, et noué la ceinture étroitement. Elle avait enlevé ses chaussures, ne gardant que ses bas noirs. Dans ce vêtement trop grand pour elle, avec un sourire malicieux et les yeux brillants comme si elle avait fait un mauvais coup, elle était superbe.

Devant mon silence admiratif, elle éclata de rire.

— Alors, est-ce que je suis si moche ? Après tout, c'est votre imper !

— Non, ce n'est pas ça ! J'étais tout simplement en train de remercier la Providence d'avoir fait pleuvoir aujourd'hui, et de me permettre ainsi de vous voir comme ça...

— Qu'est-ce que vous voulez dire ?

— Que mon imper vous va à ravir, voilà !

— Il y a juste un petit problème : ce vêtement n'a presque plus de boutons, et la ceinture ne suffit pas à le tenir fermé !

— Vous traitez bien cavalièrement mon imper préféré ! Ça ne fait rien, pour vous montrer que je vous pardonne, je vais vous faire un bon café bien chaud, venez !

Nous nous installâmes dans l'arrière-boutique, où j'avais fait aménager une minuscule cuisine. Bientôt, nous nous retrouvâmes avec une tasse fumante de café à la main. Je guidai ma visiteuse vers le vieux sofa, où nous nous installâmes confortablement.

Barbara avait peine à maintenir l'imperméable fermé mais, prise par notre conversation, elle semblait n'avoir pas vu qu'à chacun de ses mouvements le vêtement laissait voir, selon le cas, la dentelle légère d'un soutien-gorge noir qui cachait mal la jolie rondeur d'un sein, ou encore le creux vertigineux de l'intérieur d'une cuisse…

À chaque fois que je bénéficiais d'une de ces visions fugitives, mon cœur sautait, comme celui d'un adolescent. Barbara ne paraissait pas deviner à quel point elle était désirable…

Notre conversation était parfois interrompue par la visite d'un client, et je devais laisser ma charmante compagne dans l'arrière-boutique. Mais mes pensées restaient avec elle, et je n'accordais pas toujours à mes visiteurs l'attention à laquelle ils avaient droit.

Le dernier client me prit près d'une heure, avant de repartir avec un fragment de relief gréco-bouddhique du Gandhara du IIIe siècle.

Quand je revins à l'arrière-boutique, Barbara s'était endormie.

Étendue de tout son long sur le sofa, elle m'offrait le spectacle somptueux, souligné par mon imper qui s'était ouvert, de son corps imparfaitement dissimulé par ses dessous noirs.

Elle était là, les yeux fermés, la bouche légèrement entrouverte, dans l'abandon d'un profond sommeil.

Une épaule découverte me permettait de voir une partie de son soutien-gorge, qui couvrait un sein opulent dont je voyais la large et rose aréole à travers la fine dentelle. Sa poitrine se soulevait doucement au rythme de sa respiration. Une partie de son ventre, légèrement bombé, était visible, au-dessus du porte-jarretelles qui soulignait la rondeur d'une hanche. Un cache-sexe très bref laissait deviner le dessin du haut de la fente. Les bas mettaient en valeur le galbe de jambes finement musclées.

Je restai là un long moment, fasciné, incapable de rompre le charme tout en sachant fort bien qu'il ne faudrait pas trop attendre... Finalement, je décidai de respecter la confiance que me témoignait ma compagne, m'approchai et lui pressai doucement l'épaule. Il fallut que j'insiste pour que finalement, après s'être voluptueusement étirée, Barbara ouvrît les yeux :

— Oh mon Dieu, Jacques, j'ai dû m'endormir...

— C'est de ma faute, je vous ai longtemps délaissée.

— Mais je suis totalement indécente, oh Jacques, qu'allez-vous penser...

— ... Que vous êtes absolument adorable, et que Georges a bien de la chance.

— Ah, Georges, il a oublié...

Elle parut triste, vulnérable, tout d'un coup. Elle se leva, serra mon imper autour d'elle, et se dirigea lentement vers le cabinet de toilette.

Elle reparut, rhabillée, au bout de quelques instants, redevenue la belle et élégante femme d'affaires à laquelle j'étais habitué. Elle s'approcha de moi, l'air malicieux, leva les yeux et les fixa sur les miens.

— Jacques, vous avez probablement raison, Georges ne connaît pas son bonheur. Mais la chance peut tourner en faveur de quelqu'un d'autre, qui sait ? À bientôt !

Elle piqua un baiser au coin de mes lèvres, se retourna et quitta très vite la galerie, me laissant à mes rêveries.

J'allai chercher mon imperméable dans le cabinet de toilette : il était imprégné du parfum de Barbara, mais aussi d'une senteur plus subtile, un peu sucrée, celle de son corps. Je portai le vêtement à mes narines, et m'enivrai des effluves envoûtants que mon amie m'avait laissés en cadeau, et qui réveillèrent mon désir inassouvi d'elle.

Barbara revint me voir quelques semaines après, en fin de journée, alors que je m'apprêtais à fermer. Elle venait d'une réception et était, de ce fait, habillée avec encore plus de recherche que de coutume, d'un tailleur de soie noire et d'un chapeau à larges bords de même couleur. Elle avait l'air animée, ses yeux brillaient et ses joues étaient plus roses que d'habitude. Elle posa une main gantée sur mon bras :

— Je suis venue voir mon antiquaire préféré, que je n'ai que trop longtemps délaissé !

— L'antiquaire en question se languissait...

— Oh, le pauvre, va-t-il se consoler ?

Elle se tenait devant moi, et son parfum délicat me rappela notre dernière rencontre.

— Je suis un peu grise. Offrez-moi donc une tasse de votre délicieux café !

Sans attendre ma réponse, elle se dirigea vers l'arrière-boutique. Je fermai la galerie et la suivis. Bientôt, nous étions assis côte à côte sur le sofa, une tasse de café fumant à la main, plongés dans une conversation animée, reflet de la longue durée de notre dernière séparation.

Lorsque nous eûmes épuisé la relation des derniers événements, un silence s'établit entre nous. Barbara avait de nouveau l'air un peu triste, à l'image de ce qu'elle avait laissé transparaître la dernière fois. Je me rapprochai d'elle, lui touchai doucement le bras.

— Barbara, ça n'a pas l'air d'aller très bien, déjà la dernière fois...

— Georges me délaisse complètement, il est presque tout le temps en voyage, et il a une maîtresse.

— Qu'est-ce qui vous fait croire cela ?

— Une amie intime l'a vu tout récemment sortant d'une boîte de nuit à Rio, bras dessus bras dessous avec une très jeune femme. Elle les a suivis et les a vus entrer dans un immeuble luxueux. Elle les a revus quelques jours après dans un club de tennis, où ils semblaient être dans les meilleurs termes.

— Votre amie est peut-être malveillante, et cette jeune femme doit être une partenaire commerciale de Georges au Brésil...

— Je connais cette amie depuis l'enfance, et je lui fais entièrement confiance ! Elle a fait une enquête discrète. En fait, Georges a le démon de midi et cette Brésilienne n'a pas eu de peine à le cueillir tout mûr, prêt à être croqué, ce dont elle ne semble pas se priver. Voilà ce à quoi aboutissent trente ans de mariage...

— Est-ce que je peux faire quelque chose ?

— Oui...

— Dites...

— Il vous suffira de m'aimer...

Elle se serra contre moi, et je sentis de nouveau une bouffée de son parfum m'entourer, fouettant mes sens déjà très aiguisés.

Elle approcha son visage du mien. Ses yeux noirs encadrés de longs cils, légèrement écarquillés, cherchaient les miens, sa bouche joliment dessinée était entrouverte, une fine moiteur encadrait les ailes de son nez fin. Nos lèvres s'unirent enfin, en un long et brûlant baiser, nos bouches ouvertes laissant passer nos langues enlacées. Mon désir était à son comble, me faisait presque mal, et je sentais, à la chaleur et à la vibration du corps de Barbara, qu'elle éprouvait le même tourment.

Elle se leva brusquement, me prit par la main et me guida vers mon bureau, sur lequel elle s'assit :

— Fais-moi l'amour, vite !

Barbara ouvrit prestement ma braguette, dégagea mon sexe tendu. Elle releva sa jupe, me montrant l'affriolant spectacle de ses jambes gainées de bas noirs, de son porte-jarretelles et de sa culotte fendue également noirs, et de nombreuses plages de peau blanche...

Elle se coucha sur le bureau, laissant dépasser légèrement ses fesses, m'offrant la vue de ses cuisses ouvertes avec, au centre, l'ovale rose de la vulve, que surmontait une fourrure pubienne noire et courte, en forme de rectangle étroit, visiblement soignée...

Elle me regarda :

— Prends-moi, je n'en peux plus d'attendre...

Je collai mon ventre au sien, frottai mon sexe contre sa fente qui, déjà mouillée, lubrifia le contact avec le clitoris. Ma compagne gémit, et se tendit. Elle prit ma tige d'une main, de l'autre écarta les lèvres de son sexe, et présenta le gland à l'entrée du vagin.

— Enfonce-toi !

Barbara enserra mon dos avec ses jambes, me tira vers elle. Mon sexe commença à pénétrer dans la douce et chaude coquille, mais Barbara donna un coup de ventre vers moi, s'empalant complètement à la cheville de chair.

— Plus fort !

Je tirai son corps légèrement vers moi, la soutenant avec mes mains placées sous ses fesses, qui étaient maintenant dans le vide, et plaçai ses jambes vers le haut, de telle sorte qu'elles s'appuyaient à mes épaules. Dans cette position, très ouverte, Barbara était à ma merci.

— Regarde-moi...

Je plantai mon regard dans le sien. Nous faisions l'amour avec nos sexes, mais aussi avec nos yeux...

Je m'enfonçai à fond, puis imprimai à mes coups de reins une amplitude de plus en plus grande, et un rythme de plus en plus rapide. Ma compagne répondait à chaque coup par un gémissement, ponctuant ainsi mes mouvements de plus en plus violents.

Mes yeux demeuraient rivés aux siens, et cette union de nos regards était aussi émouvante que celle de nos corps.

La tension entre nous était insoutenable. Les gémissements de Barbara devinrent plus forts, puis elle cria, se tendant, les yeux toujours dans les miens. Mon orgasme suivit le sien presque immédiatement, et je répandis ma semence dans sa conque.

Nous reprîmes nos souffles doucement, sans nous être désunis. Je me dégageai ensuite, lentement, pris ma compagne dans mes bras et la déposai sur le sofa, avant d'aller mettre de l'ordre dans ma mise dans le cabinet de toilette.

Quand je revins, Barbara, étendue de tout son long sur le sofa, les yeux fermés, paraissait dormir. Elle ouvrit les yeux, me sourit :

— Je t'avais demandé de m'aimer, mais je ne m'attendais pas à tant de passion...

— Il y a longtemps que je t'attends...

— Ah...

Elle me regarda longuement, semblant chercher à déterminer si je disais la vérité. Apparemment satisfaite, elle me sourit de nouveau, puis se leva languissamment, enleva sa robe, qui était très froissée, et se dirigea vers le cabinet de toilette, seulement vêtue de ses dessous. Elle était superbe ainsi, et je le lui dis.

Elle revint vers moi, lentement, parfaitement consciente de mon admiration, se colla à moi et me donna un long baiser sur la bouche.

— Tu as bon goût, toi, au moins...

— Et toi tu es très modeste !

— Bien sûr !

Elle fit volte-face, et disparut dans le cabinet de toilette. Elle en ressortit complètement habillée, mais sa robe demeurait froissée. Je lui offris de la reconduire chez elle, ce qu'elle accepta.

Nous nous revîmes souvent ensuite.

VI

La situation de Montréal, près de la frontière américaine et à quelques heures de vol de l'Europe, et son charme particulier en font un lieu touristique recherché. Il m'arrivait donc, tout naturellement, de recevoir des visiteurs étrangers à la belle saison.

Un jour, une jeune femme noire entra. Elle était assez grande, les cheveux courts, joliment proportionnée, visiblement sportive. Son dos très cambré mettait en valeur ses fesses rondes serrées dans un short en soie rose très étroit, surmontant de belles jambes musclées. Un maillot sans manches retenu par de fines bretelles, en tissu élastique également rose, moulait comme une deuxième peau son torse, soulignant très précisément ses seins hauts et pointus.

Elle laissa son regard errer autour de la galerie, puis se dirigea vers un sabre court japonais. Elle avait une jolie démarche, souple et ferme à la fois.

— C'est un wakizashi, n'est-ce pas ?

— C'est exact !

— Je pratique l'escrime japonaise depuis de nombreuses années, et je collectionne certaines armes et armures anciennes. Puis-je voir la lame ?

Je décidai de la soumettre à un test. Je lui présentai le sabre.

— Allez-y, je vous laisse le soin de l'examiner vous-même.

Sans hésitation, ma jeune visiteuse me demanda un tissu propre, dégagea la lame de son fourreau, puis la disposa sur le tissu de façon à pouvoir l'examiner à contre-jour. Au bout de quelques instants, elle se tourna vers moi.

— C'est probablement une lame du XVe siècle, une lame koto.

— Bravo, c'est vrai, vous avez passé mon examen avec succès !

Un sourire un peu malicieux rehaussa sa jolie bouche. Elle replaça doucement la lame dans son fourreau.

— Avez-vous d'autres pièces que celle-ci ?

— Oui, mais elles sont dans ma réserve. Je pourrais les préparer pour vous, mais il faudrait que vous reveniez demain...

— Oh, s'il vous plaît, pourrais-je les voir aujourd'hui ? Je repars demain pour les États-Unis, soyez gentil...

Elle m'apprit qu'elle était à Montréal seulement pour quelques jours, pour assister à un congrès de médecins spécialisés dans la médecine sportive. Elle était tout près de moi, et je remarquai la beauté de ses grands yeux en amande. Une sorte de force chaleureuse irradiait d'elle. Je cédai :

— Entendu, je vais y travailler maintenant. Revenez à l'heure de fermeture, nous aurons ainsi plus de temps.

— Merci ! C'est vraiment très gentil de votre part !

Elle repartit, me laissant admirer sa silhouette, qui aurait inspiré un sculpteur. Avant de passer la porte de la galerie, elle se retourna, et surprit mon regard posé sur elle. Elle sourit de nouveau, avec cet air malicieux que j'avais remarqué plus tôt.

— À tout à l'heure ! J'espère que vous trouverez des choses excitantes pour moi !

— C'est promis ! À ce soir !

Je préparai plusieurs sabres, et quelques pièces d'armures, et installai le tout dans l'arrière-boutique. Puis, l'heure de fermeture approchant, mû par je ne sais quelle impulsion, je mis ma tenue de kendo, car j'étais moi-même fervent de l'escrime japonaise et ceinture noire premier dan.

Ma visiteuse ne tarda pas à arriver. Quand elle entra, je lui fis le salut formel avant le combat. Elle éclata de rire :

— Ah, si j'avais su, je serais venue en tenue. Est-ce un défi ?

— Pas vraiment, c'est plutôt un hommage !

— Mmm, j'apprécie beaucoup, mais voyons d'abord vos pièces...

Je verrouillai la porte de la galerie, et conduisis ma visiteuse dans l'arrière-boutique. Elle regarda autour d'elle, mon bureau, les étagères remplies de livres, le grand miroir posé sur le sol, les objets disposés un peu partout, pour aboutir enfin aux pièces japonaises. Elle se mit à examiner ces dernières, une par une, avec beaucoup de soin.

J'étais derrière elle, tout contre, sans pour autant la toucher, mais je pouvais sentir de nouveau cette espèce de chaleur irradiante, cette sensualité qui émanait d'elle.

Mon désir s'éveilla de cette belle panthère qui, certainement, ne se laisserait pas dompter facilement... Elle dut deviner mes intentions, car elle se retourna brusquement, ce qui l'amena tout contre moi. Elle ne se retira pas, mais eut de nouveau ce sourire coquin auquel elle m'avait habitué.

— Ooh, Monsieur a des problèmes, me semble-t-il...

— Je suis désolé…

— Mais non, il ne faut pas être désolé ! Vous devriez savoir que nous avons les idées très larges en Californie, mais laissez-moi quand même finir mon examen de vos trésors ! À propos, je m'appelle Wynona !

Elle me repoussa doucement, puis se concentra de nouveau sur les armes japonaises.

Chacun de ses mouvements faisait jouer sa fine musculature, mettait en valeur son corps de félin, sa grâce. À un moment, elle se pencha sur une armure, et se cambra. Je vis ainsi, sous son short très mince, le dessin de son maillot qui, visiblement d'une seule pièce, se perdait entre les deux globes de ses fesses. On aurait dit qu'elle était consciente de mon admiration, car elle accentua encore sa cambrure, comme si elle se préparait à quelque assaut amoureux…

Elle me demanda enfin de lui montrer de nouveau le wakizashi qui avait attiré son attention lors de sa première visite. Après l'avoir examiné en détail, elle décida de l'acheter. Je m'apprêtais à l'emballer, lorsqu'elle m'arrêta :

— Un instant s'il vous plaît, je voudrais le manipuler encore une fois. Vous savez, pour moi, le sabre court japonais a un attrait esthétique certain, mais il représente aussi un symbole érotique. Regardez plutôt…

Elle dégaina le wakizashi lentement, puis le replongea dans son fourreau, tout aussi lentement. Elle recommença plusieurs fois le mouvement.

— Voyez-vous le sexe mâle, légèrement incurvé, qui plonge dans la fente féminine puis ressort et replonge ?… Non ? Quelle puissance évocatrice, vous ne trouvez pas ?

— J'avoue n'y avoir pas pensé, mais j'admire votre imagination, Wynona, et j'adhère à votre symbolique. Je vois que ce sabre ne sera pas seulement un fleuron de votre collection, mais aussi un compagnon de rêveries.

— Oui, il me fera penser à l'amour...

— Et à moi ?

— Oh, là, vous vous avancez beaucoup ! À propos, avez-vous des sabres d'entraînement au kendo ?

— Oui, j'en ai quelques-uns ici, car il m'arrive de répéter des mouvements à mes moments libres, pour me détendre. Pourquoi ?

— Trouvez-en deux, il me vient une idée amusante...

J'allai au fond de l'arrière-boutique, où se trouvait un placard contenant divers ustensiles, y compris des sabres d'entraînement en bois. J'en pris deux, et revins vers ma visiteuse.

J'eus un choc violent au cœur.

Elle avait enlevé son short, et se tenait devant moi, n'ayant plus que son maillot pour couvrir l'essentiel.

Mais, dans cette tenue, elle était encore plus nue que si elle n'avait rien porté...

Le miroir, devant lequel elle se tenait, me laissait voir son dos et surtout ses fesses, que l'arrière du maillot mettait puissamment en valeur. Je ne pouvais, en fait, plus détacher mon regard de ces deux superbes rondeurs, au milieu desquelles se glissait le trait mince et bref de tissu élastique rose.

Le devant n'était guère plus décent que l'arrière, et ma jeune cliente avait dû raser sa toison pubienne pour satisfaire à la coupe extrêmement échancrée du maillot. Ses seins se dressaient fièrement, leur pointe durcie.

— Je vous lance un défi : nous allons combattre, et celui qui gagnera aura le droit de disposer à sa guise de son adversaire vaincu. Qu'en pensez-vous ?

— Mais vous n'êtes pas assez protégée…

— Ne vous inquiétez pas pour moi ! Alors, c'est d'accord ?

— Comment pourrais-je refuser ?

— Okay ! Allons-y !

Nous rangeâmes le maximum de meubles et d'objets à l'abri, dégageant ainsi une aire de combat satisfaisante. Nous fîmes le salut rituel, puis nous nous mîmes en garde. Au bout de quelques secondes de combat, je réalisai que j'avais affaire à une adversaire de taille supérieure à la mienne, tant sur le plan de la rapidité que de la technique.

Je n'eus même pas le temps de regretter d'avoir relevé ce défi : en quelques minutes, j'étais terrassé. Nous reprîmes notre souffle, ce qui me permit d'admirer de nouveau la belle victorieuse.

Son corps luisant, à peine dissimulé par le mince maillot, ressemblait à une statue de bronze. Elle était l'incarnation vivante de la sensualité, et le savait, comme le montrait son sourire en coin. Elle s'approcha de moi :

— C'est donc moi qui disposerai de toi… Déshabille-toi, entièrement, vite !

Je m'exécutai, laissant mon uniforme de kendo sur le sol.

— Étends-toi sur le sol, sur ta tenue de kendo, oui, comme ça.

Je me retrouvai sur le dos, sans inconfort car la moquette de l'arrière-boutique était suffisamment épaisse pour se prêter à ce genre de jeu.

Ma visiteuse se déshabilla en une fraction de seconde, et j'eus enfin une vue complète de son corps.

Ses épaules étaient bien découpées, ses bras musclés sans excès. Ses seins assez petits présentaient une large aréole et finissaient en pointe vers le haut.

Son ventre plat montrait le dessin d'une belle musculature symétrique.

Elle avait effectivement rasé entièrement sa fourrure, et je pus admirer à loisir sa conque d'amour, un peu bombée, au sommet de la fourche de ses cuisses. De l'endroit où je me trouvais, je pouvais voir ma compagne de dos dans le miroir, le joli V dorsal dominant les deux superbes globes, le galbe des longues jambes...

Mon désir était visible à l'extrême raideur de mon sexe...

Wynona se disposa face à moi, debout, au-dessus de ma tête, les jambes écartées, me permettant de voir plus précisément la fente, la naissance des fesses.

— Tu vas commencer par rendre hommage à celle qui t'a vaincu...

Elle s'agenouilla, les deux cuisses placées de chaque côté de ma tête, ce qui mettait son sexe, dont je percevais la senteur sauvage, à portée de mon visage. Bientôt les lèvres de sa fente se trouvèrent en contact avec mes lèvres, et je goûtai avidement ce baiser sensuel. Elle se mit à respirer fort puis, lorsque ma langue prit le relais de mes lèvres et s'empara de son clitoris, elle commença à gémir. Son ventre remua d'avant en arrière, imprimant à sa conque un mouvement de lime sur ma bouche.

Entièrement captif de la douce violence à laquelle je m'étais volontairement soumis, je ne pouvais suivre les mouvements de ma tortionnaire. Soudain, je sentis une main se saisir de mon sexe, et le caresser lentement, de haut en bas, en un va-et-vient régulier, ferme, implacable.

De la moule chaude et tendre de ma compagne, la liqueur d'amour sourdait, et se répandait dans ma bouche et à la commissure de mes lèvres, me laissant pressentir l'approche de son orgasme. Son mouvement s'arrêta brusquement :

— Maintenant, le sacrifice... Ne bouge pas...

Toujours à genoux, elle recula doucement, jusqu'au moment où son sexe se trouva vis-à-vis du mien. Elle s'allongea alors entièrement sur moi, me couvrant de son corps, puis se frotta lentement, doucement contre moi, en un long massage. Nos souffles se mêlèrent, puis bientôt nos bouches, nos langues. Mon désir était à son comble, je n'avais qu'une obsession, celle d'investir ce corps qui me rendait fou.

Wynona releva un peu le buste, me laissa rendre hommage à ses seins avec mes lèvres et ma langue, puis elle se remit de nouveau à genoux sur moi. Mon sexe bandé battait contre ses fesses. Elle se souleva légèrement, prit mon sexe dans la main et le guida vers sa fente. Elle en frotta très doucement le gland contre sa vulve, puis s'empala lentement, très lentement sur le pieu charnel.

Ah, la douceur vertigineuse de cette pénétration...

Son sexe était comme un gant de velours chaud et ferme. Je sentais les pulsations, et les serrements réguliers de cette gaine étroite et bien lubrifiée, qui aspirait ma tige amoureuse avec avidité.

Tels que nous étions placés, je pouvais nous voir dans le grand miroir.

La scène était très stimulante. Ma belle cavalière me chevauchait avec énergie. Avec la force de ses cuisses, Wynona bougeait de haut en bas, en un mouvement ample et lent, tout en ondulant du ventre et des reins. J'aurais aimé bouger avec elle, mais elle voulait, de toute évidence, mener cette joute toute seule, et elle me plaquait littéralement au sol. Je n'insistai pas et me concentrai uniquement sur mes sensations et sur la vision dans le miroir.

Notre cavalcade ne dura pas longtemps. Nos sens aiguisés à l'extrême ne nous permirent pas de faire durer le plaisir.

Bientôt, les mouvements de Wynona devinrent plus courts et saccadés, elle se mit à gémir de plus en plus fort. Je sentais sa liqueur couler de sa coquille le long de ma hampe, sur mes bourses. Soudain elle se tendit en arc, hurla longuement, ses mouvements devinrent complètement désordonnés. Sous le coup de fouet de cette jouissance, mon orgasme monta très vite, et mes hurlements se joignirent à ceux de ma cavalière, ma semence se mêla à sa décharge...

Wynona se coucha de nouveau sur moi, de tout son long, sans se désengager. Nous échangeâmes un long baiser, puis elle sourit :

— Tu as payé le tribut, je vais peut-être te libérer...

— Je ne suis pas pressé. En fait, j'aurais aimé te lancer un nouveau défi, mais tu pars...

— Ce sera l'année prochaine, à moins que tu ne viennes me voir en Californie !

Elle se dégagea doucement, ramassa ses vêtements, puis se dirigea vers le cabinet de toilette, avec cette démarche féline qui, désormais, était devenue pour moi son image de marque.

Elle fut bientôt partie, avec le paquet contenant le wakizashi sous le bras, me laissant seul avec son inoubliable souvenir...

Une demi-heure plus tard, le téléphone sonna. Je reconnus la voix de Sophie.

— Je n'étais pas sûre de te trouver encore à la galerie...

— J'avais du travail, des pièces à ranger, et d'autres à préparer pour un collectionneur...

— Oui, tu devais ranger des pièces japonaises, n'est-ce pas ?

— Comment sais-tu ?

— Tout simplement parce que Wynona est mon amie, et que je te l'avais envoyée...

— Comment, tu connaissais Wynona ?

— Wynona a commencé ses études de médecine à Mc Gill, avant de poursuivre une spécialisation en médecine sportive. Elle est devenue une des championnes nationales américaines de kendo. Tu n'avais aucune chance contre elle. Nous sommes devenues amies pendant ses années d'étude à Montréal. Nous avons même été plus que de simples amies à un certain moment...

— Voilà qui est intéressant, il faudra me raconter ! Mais pourquoi me l'avoir envoyée, pourquoi moi ?

— Parce qu'elle avait envie de faire l'amour, et que mes soins intimes ne lui suffisaient pas. Il lui fallait un homme. J'ai donc pensé à toi !

— J'apprécie beaucoup ce cadeau somptueux, mais comment te rendre la pareille ?

— Tu me le rendras en plaisirs, bien sûr !

VII

Une dame à l'élégance quelque peu voyante entra un après-midi de printemps, accompagnée d'une jeune fille. Elle s'avança, très sûre d'elle, fit rapidement le tour de la galerie.

— Vous n'avez pas ce que je cherche...

— En êtes-vous bien sûre ?

— Évidemment, je n'ai qu'à voir autour de moi ! Mais peu importe, nous allons regarder quand même, cela servira au moins à parfaire l'éducation artistique de ma fille. Elle entre à l'université en septembre. Elle s'intéresse depuis l'enfance aux antiquités, grâce à son grand-père, et commence une collection avec ses conseils... N'est-ce pas, Alexandra ?

— Mais oui, maman...

La jeune fille, une jolie rousse fort bien tournée, paraissait agacée par ce qui semblait être la personnalité écrasante de sa mère. Elle était habillée d'un blazer noir, un chemisier blanc et une jupe plissée à carreaux assez courte, et des chaussures plates noires. Elle tenait à la main un énorme sucre d'orge, qu'elle s'appliquait à sucer avec un plaisir visible.

La mère était occupée à examiner un grand vase bleu et blanc chinois d'époque Qianlong. Pendant ce temps, l'adolescente s'était assise sur un banc, avec un certain abandon, sans s'apercevoir, semblait-il, qu'elle me laissait voir une surface importante de cuisses roses séparées par le triangle stratégique d'une mignonne culotte blanche...

Nous échangeâmes un long regard, et il me sembla qu'une certaine complicité s'établissait entre nous. Je lui souris, et elle me répondit d'un sourire à peine perceptible. J'étais particulièrement fasciné par son manège : le sucre d'orge allait et venait lentement dans cette jolie bouche bien ourlée, les joues se creusaient sous l'effet de la succion...

Je ne sais comment l'idée me vint, je me dirigeai vers sa mère :

— Je me ferais un plaisir de guider votre fille dans ses recherches, si cela vous convient.

— Ma foi, pourquoi pas ? Alexandra, est-ce que tu pourras consacrer un peu de temps à ce monsieur, ça me paraît une occasion rêvée !

— Si tu veux, maman...

— Très bien ! Affaire conclue ! Alexandra viendra tous les mercredis après-midi, à condition que cela ne soit pas une charge trop grande pour vous, bien sûr !

— Ça me paraît très bien !

Nous arrêtâmes les menus détails pratiques avec la mère.

Pendant tout ce temps, Alexandra me regardait par en dessous, sans changer de posture et tout en poursuivant son manège avec le sucre d'orge.

— Alexandra, arrête de sucer ce stupide sucre d'orge, ce n'est plus de ton âge. Et tiens-toi mieux, s'il te plaît !

— Oui, maman...

Alexandra se leva, à regret, et suivit sa mère vers la sortie. Elle se retourna une dernière fois, et fit sortir lentement le sucre d'orge de sa bouche. Elle eut encore ce sourire imperceptible :

— Au revoir, Monsieur, à mercredi !

— Au revoir !

Elle fut fidèle au rendez-vous. Elle portait des vêtements semblables à ceux qu'elle portait la première fois, mais elle avait l'air bien moins réservé qu'en présence de sa mère. D'emblée, elle me tutoya :

— Mes amis m'appellent Alex, j'aimerais que tu m'appelles comme ça toi aussi. Et toi, comment t'appelles-tu ?

— Jacques…

Cette première séance fut consacrée à une sorte de familiarisation avec les pièces qui se trouvaient dans la galerie. Je m'aperçus très vite que ma jeune élève avait une intelligence au-dessus de la moyenne. De plus, elle faisait preuve d'une curiosité quasiment insatiable, et me bombardait de questions.

J'avais donc grand plaisir à la revoir, mais ce n'était pas seulement du fait de la vivacité de son esprit. C'était aussi, l'avouerai-je, parce qu'elle était agréable à regarder. Elle se mouvait avec cette grâce naturelle qui est celle des jeunes filles, avec cette impudeur en apparence inconsciente qui allait bientôt disparaître, si ce n'était déjà fait.

La proximité me permit de la découvrir mieux.

Elle avait un joli visage de rousse, de grands yeux verts avec des paillettes d'or, un petit nez, et ces lèvres que j'avais déjà admirées la première fois. L'ensemble était rehaussé de taches de rousseur qui lui donnaient un petit air coquin, et encadré d'une belle crinière bouclée.

Son corps assez pulpeux était bien formé, ses seins volumineux tendaient avec impatience son chemisier blanc, et sa jupe courte, qui dévoilait parfois trop ses cuisses, ne faisait qu'accentuer la rondeur de sa croupe.

Alexandra me demanda où se trouvait le cabinet de toilette, et je la dirigeai vers l'arrière-boutique. Au bout de quelques longues minutes, elle n'était toujours pas revenue. J'allai donc voir si rien ne lui était arrivé.

Je la trouvai juchée tout en haut de mon échelle de bibliothèque, en train de fouiner dans mes étagères, qui étaient bourrées de livres.

Sa pose était pour le moins aguichante. Elle était, en effet, installée un pied sur une marche, et l'autre sur la marche au-dessus, ce qui lui écartait assez largement les cuisses. Sa jupe courte me permettait de voir très précisément sa petite culotte blanche qui moulait étroitement ses fesses et son entrecuisse.

Elle surprit mon regard, rougit violemment, mais ne changea pas pour autant sa posture :

— J'étais en train de voir si tu cachais des bouquins cochons dans le haut de tes étagères, comme le fait mon père.

— Non, mes bouquins cochons, comme tu les appelles, sont répartis un peu partout, il me semble, car je n'ai pas spécialement besoin de les cacher. Mais comment sais-tu tout cela ?

— Oh, c'est mon frère qui m'a guidée. Il les lit en cachette. Il m'a même dit qu'il m'en prêterait. Ça lui fait un drôle d'effet, quand il lit ces bouquins, il bande, et ça fait comme une grosse banane qui gonfle son pantalon. À chaque fois que ça arrive, il file dans sa chambre, puis en ressort cinq minutes après, un peu rouge, mais il a l'air soulagé. Je sais ce qu'il fait dans sa chambre...

Elle pouffa en prononçant ces mots.

Éberlué par les propos de ma jeune amie, je m'aperçus qu'elle était loin d'être aussi innocente qu'elle semblait l'être. Je décidai de gagner du temps :

— Alex, je ne veux pas m'en mêler, mais j'aimerais savoir si ta mère est au courant de tout cela.

— Oh, ma mère, tu sais, elle n'est jamais là quand on a besoin d'elle, et Papa est trop occupé. Et puis, je n'oserais jamais leur parler de toute façon.

— Pourquoi ?

— Parce qu'on ne peut jamais leur parler sans être jugé. En fait, j'aimerais connaître quelqu'un à qui parler de ça, quelqu'un d'autre que mon frère ou mes copines.

— Quel âge as-tu ?

— Je suis majeure, et je suis moins gamine que j'en ai l'air !

— Je n'en doute pas ! Écoute, j'ai peut-être une idée. Nous en reparlerons à ta prochaine visite.

— D'accord, tu es bien gentil !

Alexandra descendit paresseusement de l'échelle, non sans me laisser encore voir des portions généreuses de ses jambes et de ses fesses. Arrivée en bas, elle laissa son regard errer sur mon ventre. N'ayant, semble-t-il, pas trouvé ce qu'elle cherchait, elle rassembla ses affaires et me quitta après avoir pris rendez-vous pour la semaine suivante.

J'en parlai le soir même à Ariane, que je savais très au fait des activités de la nouvelle génération parce qu'elle gardait des contacts étroits avec celle-ci.

Au récit de ma conversation avec Alexandra, elle se mit à sourire.

— À mon avis, Alex a jeté son dévolu sur toi. Tu sais, à cet âge, les filles sont déjà très aguicheuses. Je le sais, j'ai eu dix-huit ans avant elle ! Voilà qui pourrait être très intéressant...

— Il me vient une idée. Peut-être peux-tu devenir la conseillère et amie dont elle semble avoir grandement besoin ?

— Effectivement, tu as raison. Ce pourrait même être une tâche assez passionnante…

— Attention, il ne faudrait pas non plus lui faire du mal. Elle me paraît encore bien jeune.

— Il n'est pas question de lui faire le moindre tort, rassure-toi. Et puis, il est grand temps qu'elle se dégourdisse ! Si tu veux, je serai présente à ta prochaine rencontre avec ta jeune élève.

— Très bonne idée !

Alexandra était en retard le mercredi suivant, et je me surpris à l'attendre avec une certaine impatience. Elle arriva enfin, dans sa tenue habituelle, tout excitée, les joues rouges et les yeux brillants, adorable.

J'avais préparé des pièces pour notre séance, et je commençai à les lui montrer.

Mes efforts à essayer de l'intéresser à ma démonstration s'avérèrent vains : elle semblait perdue dans ses pensées, ailleurs.

— Alex, est-ce que tu me suis ?

— Oui oui ! Pas de problème !

Je continuai, mais au bout de quelques minutes, je m'arrêtai, devant l'inattention manifeste de ma jeune compagne.

— Alex, qu'est-ce qui se passe, tu ne m'écoutes même pas. As-tu un problème ? Veux-tu en parler ?

Après une longue hésitation, elle se mit soudain à parler, et le torrent de ses paroles était inépuisable :

— Excuse-moi, je suis en retard, mais je n'ai pas pu m'en empêcher !

— Que s'est-il donc passé !

— Si tu savais ce que j'ai vu ! C'est mon frère… Il est rentré à la maison, mais il ne savait pas que j'étais déjà là. Après avoir pris sa collation, il est allé directement dans sa chambre. Moi, je pensais qu'il travaillait et je n'ai pas voulu le déranger.

Au bout d'un moment, comme rien ne bougeait de son côté, j'ai été curieuse et je suis allée le voir. La porte de sa chambre était entrouverte, et je suis arrivée silencieusement.

Quelque chose, un bruit confus, m'a fait décider de ne pas me montrer tout de suite. Je l'ai vu sur son lit, en slip, apparemment en train de lire un bouquin, mais mon attention a été attirée par un mouvement saccadé de son bras droit. En regardant plus en détail, je m'aperçus que sa main droite tenait sa bite qui sortait de sa braguette, et qu'il était en train de se branler ! Sa queue était énorme, et il l'astiquait à toute vitesse !

Mon frère était très rouge, essoufflé. Au bout d'un moment, je le vis se tordre et grimacer, et un liquide blanc s'est mis à gicler de sa pine. Mon frère a gémi, puis il s'est affaissé sur son lit, l'air épuisé.

Moi, j'ai eu peur d'être découverte, et je suis allée vite me cacher dans ma chambre. Au bout d'un moment, je suis ressortie, et j'ai fait du bruit, comme si je venais d'arriver. Mon frère est sorti de sa chambre, tout habillé, comme si de rien n'était...

— Alex, tout cela me paraît plutôt amusant. Il fallait bien qu'un jour ou l'autre tu sois confrontée à cela, mais où as-tu appris tout ce vocabulaire ?

Ariane entra à ce moment-là, à mon grand soulagement. Je fis les présentations, et me rendis rapidement compte qu'Ariane était en train de gagner la confiance d'Alexandra. Cette dernière semblait fascinée par la personnalité de son aînée, et leur conversation animée m'excluait complètement. Ariane s'en aperçut bientôt :

— Jacques, vois-tu un inconvénient à ce que j'accapare ta disciple pour le reste de la séance d'aujourd'hui ?

— Pas de problème. À mercredi prochain, Alex !

Alexandra suivit Ariane, qui l'avait invitée à prendre le thé dans son appartement, à l'étage au-dessus.

VIII

Je revis Ariane assez tôt le lendemain matin.

Mon amie connaissait mon habitude d'arriver bien avant l'heure d'ouverture de la galerie. Je lui offris un café dans l'arrière-boutique, où nous nous installâmes confortablement sur le vieux sofa.

Elle avait un petit sourire aux lèvres :

— Alex s'est un peu moquée de toi. En fait, grâce à son frère aîné et à quelques amies délurées, elle est loin d'être ignorante des choses du sexe. Je me suis chargée de lui apporter les explications complémentaires qui paraissaient s'imposer. Elle a de bonnes dispositions pour l'amour, ce me semble, parce qu'elle a en elle ce mélange subtil de curiosité, de perversité et de sensualité qui pourrait en faire une grande amoureuse.

— Mais, en dehors de connaissances purement théoriques...

— ... Elle pratique la masturbation, avec assiduité et, semble-t-il, assez grande fréquence. Mais elle n'est jamais allée plus loin, que ce soit avec des garçons ou même des filles. Son frère voulait l'inciter à participer à des jeux pervers, mais elle s'y est jusqu'à présent refusée, essentiellement par crainte des conséquences. Dans un sens, c'est une très bonne chose, parce qu'elle n'a pas été gâtée par des imbéciles ou des brutes.

— Te rends-tu compte, Ariane, que tu pourrais devenir son initiatrice ? Tu en as toutes les qualités...

— J'ai une meilleure idée... Je pense que serions bien plus efficaces si nous nous en chargions tous les deux.

— Que veux-tu dire ?

— Voilà... Nous sommes, je pense, d'accord sur le fait que notre jeune amie a les dispositions qui conviennent, et qu'il ne faut surtout pas la blesser moralement ou physiquement, mais au contraire lui enseigner les plaisirs de l'amour avec délicatesse. Quoi de mieux, dans ce cas, que de lui en faire la démonstration ensemble ?

— Mais oui, bien sûr, tu as raison... Lui en as-tu parlé ?

— En fait, j'ai commencé son initiation hier, en lui faisant prendre meilleure connaissance et conscience de son corps... Elle est une élève très douée...

— Allons, raconte !

— Nous prenions tranquillement le thé, et une atmosphère de confiance s'était établie entre nous. Elle m'a parlé de ses problèmes, en particulier avec ses parents. Elle en est venue au sexe. C'est un sujet qui la préoccupe beaucoup. J'ai tout d'abord insisté sur le caractère tout à fait naturel du sexe, et ai mis à bas tous les interdits dont on lui avait rempli la tête, en particulier pendant sa scolarité chez les Sœurs... Je lui ai offert de répondre à ses questions puis, progressivement, nous en sommes venues à des points plus précis, au corps de la femme et à ses possibilités infinies. Je me suis mise nue, et l'ai invitée à faire de même, ce qu'elle a fait avec beaucoup de naturel. Elle est joliment faite, crois-moi, et elle n'a rien à envier à Sophie ou à moi.

— Mmm, tu me mets l'eau à la bouche... Ah, goûter ce fruit vert, quel plaisir ce serait...

— Il n'en est pas question, tu gâcherais tout, c'est bien trop tôt et...

— Je plaisantais, raconte plutôt, en détail, je ne t'interromprai plus.

— Doucement, en prenant mon temps, je lui ai appris à explorer son corps, en lui montrant l'exemple. Les seins, d'abord. Je lui ai montré comment les caresser, les prendre dans la main, les masser, insister avec les doigts sur l'aréole, puis les pointes, en les excitant puis en les pinçant légèrement. Le ventre ensuite, l'intérieur des cuisses, l'approche lente vers le sexe, là où la peau est si sensible, mais pas encore sur la fente elle-même. Les fesses, le creux, puis le pourtour de l'anus, doucement, très doucement, du bout des doigts, jusqu'à, enfin, le petit orifice que l'on titille et où l'on va peut-être, si l'envie prend, enfoncer un doigt... L'approche vers le sexe se fait alors tout naturellement, par-derrière, le bas des lèvres d'abord qui, vraisemblablement, seront déjà humides des premières sécrétions amoureuses puis, en remontant, lentement, la fente, le clitoris, que l'on flatte puis que l'on découvre, et que l'on caresse très délicatement jusqu'au moment où cela devient intenable...

— Ariane, arrête un moment s'il te plaît, tu me mets au supplice !

— Qu'à cela ne tienne, il ne tient qu'à toi que ton supplice s'arrête. Après tout, c'est toi qui as demandé des détails !

— Continue, mais ne t'étonne pas si je réagis !

— En fait, nous en sommes restées là cette fois, parce qu'elle devait rentrer chez elle, mais je pense que nous aurions pu aller plus loin. Elle me semblait mûre pour d'autres expériences...

— Lesquelles ?

— Oh, des jeux entre femmes...

— Mais encore ?

— Tu es bien curieux ! Eh bien oui, là, c'est vrai, j'ai dû la laisser se masturber avant de partir. Elle était tellement excitée par ma leçon que j'ai jugé bon de lui permettre de se soulager. Je ne suis pas intervenue, si ce n'est en faisant de même en la regardant, tout en lui montrant quelques techniques pour augmenter son plaisir...

— Mmm, j'aurais bien aimé être là sans être vu !

— Bientôt tu seras aux premières loges, si tu es suffisamment patient, car il ne faut pas la brusquer.

— Je te promets de bien me conduire !

— Cher monsieur, une telle bonne résolution me semble mériter récompense...

Elle se rapprocha de moi. Nos sens, fouettés par le récit d'Ariane, nous rendaient fébriles.

Nous nous étreignîmes, nos lèvres, nos langues se mêlèrent. Nous nous déshabillâmes réciproquement, avec frénésie, au détriment de quelques malheureux boutons qui roulèrent sur la moquette, hâtant ainsi notre dénudation.

Entièrement nus, sur le sofa, nous nous caressâmes, explorant en tremblant les portions les plus secrètes de nos corps. Bientôt mes mains ne me suffirent plus, et j'eus envie d'explorer le corps d'Ariane avec ma bouche. Je lui tendis les mains, la fis se coucher sur l'épaisse moquette et commençai ma lente exploration.

Je parcourus son visage de baisers, m'attardant sur les paupières puis sur les lèvres, leur commissure, puis descendis vers le cou, caressant de mes lèvres l'arrière des fines oreilles, faisant frissonner au passage ma compagne. J'errai sur les épaules avant de m'arrêter longuement sur les seins, dont j'aspirai les pointes, les faisant se dresser.

Je glissai vers le ventre, titillai de ma langue le nombril, puis déviai vers l'aine, sans approcher du sexe.

Je descendis vers les genoux et le creux des cuisses, que je caressai doucement de mes lèvres. Je remontai ensuite et arrivai à la toison qui protégeait la motte. Je jouai avec ma bouche sur la toison, pour aiguiser le désir de ma maîtresse.

Enfin je m'approchai doucement de la fente, que je baisai longuement avant de l'ouvrir avec ma langue. Les lèvres de la conque étaient déjà gonflées, et le clitoris durci.

— Attends ! Moi aussi, je veux te lécher...

Ariane me fit installer à ses côtés, tête-bêche, et bientôt nos bouches s'emparèrent avec avidité du sexe de l'autre.

Je sentis ma dague amoureuse aspirée par les lèvres chaudes et humides de ma compagne. Sa langue flattait le gland à petits coups, s'attardant sur le méat et provoquant, à chaque passage, comme une décharge électrique dans tout mon corps.

Je sentis ses doigts s'emparer des bourses, qu'ils massèrent doucement, augmentant encore ma jouissance.

La succion qu'elle appliquait à la hampe devint bientôt insoutenable, et mon orgasme arriva très vite. Je déchargeai ma semence dans la bouche d'Ariane, qui l'avala entièrement, en gémissant. Presque aussitôt après, je sentis Ariane se tendre en un orgasme qui lui fit répandre un flot de sa liqueur d'amour dans ma bouche. J'aspirai goulûment la décharge au goût marin.

74

Nous restâmes un long moment allongés l'un contre l'autre. Je me levai le premier, car l'heure d'ouverture de la galerie approchait et je devais remettre un peu d'ordre dans mon allure générale sérieusement malmenée... Heureusement, j'avais toujours des vêtements de rechange propres dans mon arrière-boutique !

Ariane se remit paresseusement debout, se rhabilla sommairement, et emprunta mon vieil imperméable avant de retourner chez elle à l'étage supérieur. Elle me rendit mon vêtement, encore imprégné de son parfum, le soir même.

IX

Ariane et moi donnâmes suite à notre idée d'initier ensemble Alexandra, selon un plan que nous mîmes au point.

La première leçon lui fut donnée dès le mercredi suivant. Ariane avait pris soin de la prévenir, et surtout d'obtenir son adhésion.

Nous l'attendions dans l'arrière-boutique où, pour rendre notre initiation plus facile, j'avais installé un lit ancien, en face du sofa. Elle entra, tout ébouriffée et les yeux brillants d'excitation, à croquer dans son uniforme d'écolière.

Ariane la prit par la main et la fit asseoir sur le sofa. Elle s'assit à côté d'elle, la caressa doucement, pour la calmer, puis posa un léger baiser sur ses lèvres :

— Jacques et moi allons te montrer ce que tu dois connaître de l'amour. N'aie aucune crainte, nous ne te ferons aucun mal. Nous ne te toucherons que si tu y consens. Pour le moment, tu devras te contenter de nous regarder...

Nous nous mîmes nus, puis nous nous installâmes sur le lit, en face d'Alexandra.

Nous nous enlaçâmes, puis nous échangeâmes un long baiser, très sensuel, nos bouches ouvertes permettant à Alexandra de voir nos langues se caresser mutuellement. Bientôt, notre désir s'éveilla, mais nous fîmes en sorte de nous maîtriser, pour jouer notre rôle sans risquer d'effaroucher notre jeune disciple.

Ariane saisit mon sexe bandé. Elle se mit à en flatter les bourses. Puis elle commença à masser la hampe seulement, de bas en haut, lentement.

— Regarde, je caresse le sexe de Jacques comme ça, tu verras pourquoi plus tard. Cette caresse est celle que ton frère se prodiguait l'autre jour quand tu l'as surpris. En fait, c'est la façon dont les hommes se masturbent. Tu vas bientôt constater ce que cela donne quand un homme jouit.

— Attends, je voudrais toucher !

— Entendu, approche, là, doucement...

— Oh, c'est dur et doux à la fois, et chaud !

— C'est excitant, n'est-ce pas ?

— Oui, s'il te plaît, laisse-moi continuer !

— Vas-y...

Alexandra se mit à caresser mon sexe, en une masturbation hésitante. À chaque mouvement, le gland apparaissait puis disparaissait, cramoisi et luisant. Alexandra s'arrêta, perplexe.

— Ariane, qu'est-ce que c'est que le bout tout rouge ?

— C'est le gland, un point extrêmement sensible chez l'homme, comme ton clitoris. Caresse-le très doucement, avec le bout des doigts, oui, comme ça...

Je fermai les yeux, pour essayer de calmer mes sens : le spectacle inouï d'Alexandra jouant avec mon sexe étant un puissant aiguillon qui menaçait de provoquer mon orgasme plus vite que je ne le souhaitais.

Je rouvris les yeux. Alexandra, les yeux écarquillés, avait repris son mouvement de pompe, de bas en haut du pieu charnel.

— Mmm, j'aime ça ! C'est comme mon frère quand il se branle ! Est-ce que Jacques va bientôt juter ?

— Attends, ça va bientôt venir, continue à le masturber, oui, plus vite... Attention, écarte-toi un peu !

Je ne pus résister très longtemps. J'éjaculai brusquement, en giclées qui atterrirent sur le lit à côté d'Alexandra, qui poussa un cri de surprise émerveillée.

— Bravo Alex, tu viens de faire jouir un homme, tu peux être fière !

— C'est la première fois ! Que c'est excitant !

Alexandra contempla avec intérêt les quelques traces de sperme qui s'étaient répandues sur ses doigts. Elle renifla, fronça le nez, puis me regarda, l'air quelque peu malicieux. Je lui souris :

— Alex, tu m'as bien fait jouir, tu as des dispositions...

— On recommence ?

— Pas tout de suite, laisse-moi récupérer !

Ariane intervint :

— Oui, il faut que tu saches que l'homme n'a pas les ressources de la femme en matière d'orgasmes...

— Que veux-tu dire ?

— Tout simplement que la femme peut avoir plusieurs orgasmes coup sur coup, alors que l'homme doit récupérer avant d'en avoir un autre, et même...

— Bon, alors on va attendre, puis on recommence, d'accord ?

— Attendons un peu, puis je te montrerai autre chose... Du moins si Jacques se sent d'attaque ! Qu'en est-il, cher ami ?

Ariane s'était tournée vers moi, un large sourire aux lèvres.

J'acquiesçai silencieusement, car je pressentais ce qu'elle me réservait. À l'idée du traitement qui devait s'ensuivre, mes sens s'éveillèrent de nouveau, et mon sexe recommença à durcir. Ariane prit un coussin et s'agenouilla face à moi, ce qui plaçait son visage à hauteur de mon ventre.

— Alex, va te rasseoir sur le sofa et regarde...

Ariane saisit mon sexe de nouveau, approcha les lèvres, se mit à lécher les traces de sperme qui étaient restées sur le gland.

— Je vais te montrer une autre façon de faire jouir un homme. C'est celle que je préfère, personnellement...

Elle engloba la tige avec la bouche, et commença la fellation. Ses lèvres allaient et venaient, sa main, plus bas, accompagnait le mouvement, en parfaite synchronisation. Alexandra contemplait la scène, muette, fascinée, la bouche ouverte comme si elle accompagnait le mouvement d'Ariane. Le silence n'était rompu que par le bruit de succion que faisait parfois la bouche d'Ariane quand elle relâchait le phallus. Les joues creusées par le traitement qu'elle m'administrait, elle paraissait se délecter, et roucoulait de temps à autre, très doucement.

Alexandra s'était affalée sur le sofa, et m'offrait le spectacle croustillant de ses cuisses largement ouvertes sur une petite culotte blanche dont je voyais les dentelles. Les yeux brillants, les joues toutes rouges, elle suivait les mouvements d'Ariane.

De toute évidence, elle était très excitée par ce qu'elle voyait. Au bout d'un moment, n'y tenant plus, comme hypnotisée et visiblement incapable de se retenir plus longtemps, elle laissa sa main gauche se glisser sous sa jupe. Elle atteignit la culotte, et massa lentement la motte renflée à travers le fin tissu.

Cette caresse dura un assez long moment. Elle écarta ensuite la culotte, et dégagea son joli coquillage rose, encadré d'une mousse cuivrée, aux lèvres ourlées. Sa main droite rejoignit alors la gauche, et son index s'inséra délicatement dans la fente.

Cette douce pénétration dura quelques instants, puis l'index remonta lentement le long des lèvres, pour se poser enfin sur le clitoris. L'index commença un mouvement de massage, circulaire, régulier, d'abord lent puis de plus en plus rapide.

Alexandra, les yeux fixés sur le spectacle que nous lui donnions, se masturbait sans retenue...

Ariane, face à moi, n'avait pas remarqué le jeu polisson auquel Alexandra se livrait, et continuait de me prodiguer ses soins avec grande conviction.

Je l'arrêtai un instant, la fis se retourner. Elle sourit malicieusement à la vue de notre jeune disciple, puis reprit son action fellatrice.

Je sentis mon orgasme arriver. Ariane dut le sentir, car elle accéléra ses mouvements, en même temps qu'elle accentuait sa succion.

J'éjaculai très vite dans le réceptacle que m'offrait sa bouche. Elle se mit à avaler goulûment la décharge, en soulignant chaque giclée d'un grognement de plaisir, mais ne put empêcher un surplus de sperme de s'échapper à la commissure de ses lèvres et de couler le long de son menton.

À cette vue, Alexandra arrêta soudainement son manège coquin.

— Attends ! Tu as l'air de trouver ça bon ! Quel goût ça a ?

— Tu vas voir toi-même, je vais te faire goûter...

Ariane s'assit sur le sofa à côté d'Alexandra, prit son visage dans les mains et lui prodigua un long baiser. Leurs bouches ouvertes laissaient voir leurs langues enlacées.

Elles se dégagèrent au bout d'un moment. Alexandra, apparemment satisfaite, sourit à sa compagne.

— Mmm, c'est fort ! Quel drôle de goût, et quelle étrange texture !

— Un jour, tu seras à même de tirer cette sève d'un homme...

— Quand ? Bientôt, j'espère !

— Nous verrons. En attendant, je vais te montrer une dernière chose pour cette première séance. Je ferai ainsi d'une pierre deux coups, puisque je te soulagerai en t'initiant.

— Qu'est-ce que c'est ?

— Attends, mets-toi à l'aise, oui, comme ça...

Pendant tout cet échange, j'étais resté assis sur le lit, qui portait les traces humides de nos ébats... Ariane plaça Alexandra sur le sofa, face à moi, reprit le coussin et le posa à terre. Elle s'agenouilla dessus, puis ouvrit largement les cuisses de la jeune fille.

Elle écarta de nouveau la culotte, devenue très humide, faisant réapparaître la jeune motte.

Je vis le visage d'Ariane se glisser entre les cuisses d'Alexandra et se rapprocher de la conque, dont un peu de liqueur sourdait. Elle se mit à lécher les lèvres, de bas en haut, lentement.

Alexandra, renversée sur le dossier du sofa, les yeux fermés, la bouche entrouverte, gémissait rythmiquement sous l'effet de la délicieuse torture, tout en ondulant du ventre, comme pour accompagner les mouvements de son aînée.

La jeune fille ne résista pas longtemps. Elle se tendit brusquement et poussa un long cri, prise d'un violent orgasme.

Alors que notre jeune disciple reprenait ses esprits, Ariane revint vers moi en souriant doucement :

— Tiens, goûte un peu...

Elle me tendit les lèvres. Je l'embrassai, et un goût un peu salé envahit ma bouche, le goût d'Alexandra, de sa liqueur amoureuse, dont Ariane s'était régalée...

Alexandra se dirigea vers le cabinet de toilette, suivie d'Ariane. Je me rhabillai. Notre première séance d'initiation avait été fertile en rebondissements, et je me pris à rêver de rencontres futures.

Le retour de mes compagnes me fit revenir à la réalité. Elles me quittèrent ensemble, non sans s'être engagées à me revoir bientôt pour la prochaine leçon...

X

Le mercredi suivant prit une autre tournure.

La séance commença comme la fois précédente. Ariane et moi nous installâmes sur le lit, en face d'Alexandra qui s'était assise sur le sofa.

Nous nous déshabillâmes mutuellement, tout en nous embrassant et en nous caressant. Nous fûmes bientôt nus et nos caresses se firent plus précises, plus passionnées. Mon phallus était vigoureusement dressé contre mon ventre, tandis que la conque d'Ariane, bien humide, semblait prête pour l'amour...

Ariane se tourna vers notre jeune amie.

— Alex, la dernière fois, nous t'avons montré le début du festin amoureux, les diverses caresses préliminaires, les hors-d'œuvre en quelque sorte... Nous allons maintenant passer au plat de résistance. Cette fois-ci, Jacques va me faire l'amour...

Ariane se coucha sur le dos devant moi, les cuisses ouvertes, les jambes repliées contre les fesses. J'avais sous les yeux la vision vertigineuse de ce corps offert, des seins glorieux, du ventre légèrement bombé, du triangle roux sombre de la toison pubienne au centre de laquelle apparaissait le trait vertical et carmin de la fente intime.

Je m'agenouillai devant elle, entre ses cuisses, mis mon sexe en contact avec le sien et, en un léger mouvement du ventre, frottai doucement les lèvres et le clitoris avec le gland et le dessous de la hampe. La sensation nous fit gémir tous les deux.

Doucement, lentement, je pénétrai Ariane, prenant le temps de jouir de la délicieuse invasion. Le regard d'Alexandra était rivé sur nos sexes. Elle semblait fascinée par le mouvement du piston de chair dans le moelleux réceptacle.

J'allais et venais dans ce fourreau chaud et soyeux. Le ventre d'Ariane bougeait sous moi, en une houle sensuelle qui rendait nos sensations encore plus poignantes.

Son beau visage avait pris un air tourmenté et s'était vivement coloré. Je pris ses jambes et les fis reposer sur mes épaules, accentuant ainsi la pénétration et permettant à Alexandra de mieux voir la joute amoureuse. C'est dans cette position qu'Ariane eut un premier orgasme...

Je la libérai et me dégageai. Je me couchai sur le dos, et fis s'agenouiller Ariane face à moi, les jambes de chaque côté de mes hanches. Je la laissai se saisir de mon sexe, et le pointer vers sa conque. Elle s'assit progressivement sur mon phallus, jusqu'à complète invasion puis, avec la force de ses cuisses, elle imprima un mouvement de pompe de bas en haut...

Les seins de ma compagne oscillaient lourdement à chacun de ses coups de reins, de plus en plus vite au fur et à mesure que la tension montait. Mon phallus s'enfonçait profondément à chaque coup, et ma maîtresse donnait à nos mouvements une grande amplitude, comme si elle voulait en profiter au maximum. Je voyais mon sexe disparaître jusqu'à la racine, puis ressortir presque en entier, enduit de la liqueur qui sourdait du sexe d'Ariane.

Elle eut un second orgasme dans cette position. Jusque-là, j'étais arrivé à me retenir, mais mon excitation était à son comble et je sentais que mon tour viendrait bientôt...

Sans laisser Ariane reprendre ses sens, je la fis mettre à genoux, les coudes appuyés à la tête de lit. Je me présentai derrière elle et la pénétrai ainsi. Le vagin de ma compagne était maintenant très lubrifié, la sensation quelque peu émoussée. Mais le plus grand stimulant provenait de la vision du dos d'Ariane, de ses reins cambrés et de sa croupe qui, en ondulant vigoureusement, répondaient coup par coup à mes assauts, allant au-devant de ceux-ci.

Ma jouissance vint très vite, et je me répandis dans le vagin d'Ariane qui, presque simultanément, se raidit en un nouvel orgasme, tandis que nos cris et nos décharges se mêlaient...

Pendant tout ce temps, obnubilé par la passion, je n'avais pas remarqué ce que faisait Alexandra.

Celle-ci était restée assise sur le sofa, mais dans une position terriblement indécente. Une de ses jambes était repliée contre ses fesses et l'autre pendait, ce qui ouvrait largement la jupe et laissait voir son entrecuisse. Sa main droite était passée sous sa culotte, et le mouvement saccadé que l'on pouvait deviner sous le tissu ne laissait aucun doute sur le jeu polisson auquel elle se livrait...

Elle s'arrêta au bout d'un moment, pendant que nous récupérions doucement.

— Avez-vous fini ?

— Non, Alex, mais avant que nous passions au stade suivant de ton initiation, il va falloir que tu joues un rôle important.

— Ah oui ? Qu'est-ce que c'est ?

— Un instant, tu verras...

J'allai me rafraîchir un peu dans le cabinet de toilette. Quand je revins, Ariane et Alexandra étaient enlacées et s'embrassaient passionnément.

La main d'Ariane avait remplacé celle d'Alexandra sous sa culotte et s'activait.

La jeune fille gémissait de plus en plus fort, jusqu'au moment où elle se tordit violemment, en un orgasme qui la laissa pantelante pendant quelques secondes.

J'avais repris ma place sur le lit. Lorsque Alexandra eut repris ses esprits, je lui fis signe d'approcher :

— Alex, tu vas être chargée de me remettre en condition pour de nouveaux jeux de l'amour.

— Comment cela ?

— Tu vois bien que je ne suis pas encore en état de poursuivre mes activités. Il faut me stimuler, provoquer de nouveau l'érection...

— Ah, je vois, mais comment ?

— Tu as vu comment Ariane faisait, à toi de faire de même...

Elle s'assit à côté de moi, l'air un peu indécis, mais visiblement excitée à l'idée de participer à un nouveau mystère... Ariane, toujours nue, s'assit à côté d'elle, pour la guider si nécessaire.

Alexandra passa doucement la main sur le phallus et les bourses, d'abord avec une certaine hésitation puis, au fil des secondes, avec de plus en plus d'assurance.

Le spectacle dont j'étais témoin et acteur, et la sensation très douce, éveillèrent rapidement mes sens, et une légère érection se manifesta bientôt. Ariane indiqua à sa disciple comment caresser les bourses tout en massant la tige. Celle-ci eut tôt fait d'apprendre le tour de main, et mon érection se développa plus franchement.

Alexandra avait pris de l'assurance, et son mouvement masturbateur se raffermit.

Mon phallus montra, en quelques instants, une solide roideur, et je commençais à ressentir un réel plaisir. Mais l'heure n'était pas à ce genre de jeu : j'arrêtai la main de notre jeune amie.

— Bravo, Alex, tu vois, tes soins ont donné d'excellents résultats, mais je ne veux pas jouir encore, car nous devons te montrer quelque chose de nouveau...

— Dommage...

— Je sais, mais ne t'en fais pas, il y aura d'autres opportunités. Maintenant, nous devons passer à la dernière partie du festin amoureux : le dessert.

— Ah bon, il y a encore un dessert ?

— Oui. Tu as pu voir jusqu'à présent des jeux amoureux qui utilisent un certain nombre d'orifices du corps. Il en est un, cependant, que nous avons laissé de côté. Ce n'est pourtant pas le moindre, car il offre le double avantage de procurer du plaisir et d'être sans conséquences pour les vierges comme toi...

— Ça m'intrigue, dis-moi vite ce qu'il en est...

— C'est simple : au lieu de pénétrer par-devant, on va pénétrer par-derrière. Cela s'appelle la sodomie.

— Tu veux dire... par le petit trou ?

— Mais oui, par l'anus. C'est très excitant, et cela donne beaucoup de plaisir. Certains même préfèrent ce moyen à l'autre.

— Mais ça doit faire mal !

— Ne crois pas cela. Une fois passée la douleur inévitable de la défloraison, et à condition de prendre certaines précautions, ce plaisir peut avantageusement remplacer la pénétration vaginale. Dans ton cas, par exemple, il présente le double avantage de préserver ta virginité, du moins la principale, celle qui semble compter, et de t'éviter le risque d'être enceinte.

— Tu veux dire que je pourrais le faire dès maintenant ?

— En principe, oui. Mais, avant que tu ne t'aventures dans ce domaine un peu particulier, nous allons t'en faire la démonstration, avec ton aide. Tiens, prends un peu de cette lotion lubrifiante, et masse mon sexe sur toute sa longueur, oui, comme ça...

Alexandra s'acquitta de sa tâche avec beaucoup d'application. Grâce à ses soins, mon phallus était devenu très roide et tout luisant, ce qui lui donnait l'air d'une dague...

Je demandai à Ariane de se mettre de nouveau à genoux devant moi. Elle se présenta de dos, les reins cambrés, la croupe tendue vers moi, prête au sacrifice salace. La vision de ses fesses ouvertes, et du petit rond froncé au centre, était affolante...

Je demandai à notre disciple de lui lubrifier l'anus, et lui montrai comment flatter le petit orifice, puis comment glisser un doigt pour l'assouplir et assurer une meilleure lubrification. Alexandra s'appliqua à ce rôle comme elle le fit pour lubrifier mon sexe, mais ses yeux trahissaient son excitation, et son impatience à voir mon pieu de chair s'enfoncer dans la minuscule ouverture. Ariane paraissait aimer le traitement, à en juger par ses trémoussements et ses plaintes sourdes...

— Parfait, Alex, tout est prêt, mais ne t'éloigne pas, car ta participation ne s'arrêtera pas là.

— Ah, que dois-je faire maintenant ?

— Quand j'aurai pénétré Ariane, tu la masturberas, pour augmenter son plaisir.

— Mmm, dépêche-toi, j'ai envie de la faire jouir comme elle me l'a fait tout à l'heure...

Je m'installai à genoux derrière Ariane, entre ses jambes écartées, et glissai mon sexe entre ses fesses. J'abutai le gland contre son anus, et titillai celui-ci en frottant lentement. La lubrification rendait la sensation encore plus agréable. Ariane trouvait cette caresse extrêmement plaisante et continuait de gémir, en mouvant très légèrement les reins.

Au bout de quelques secondes, nos sens eurent raison de notre volonté de prolonger ce jeu pervers.

— Jacques, je suis prête, vas-y, vite…

Je pris ma compagne par les hanches, et poussai très doucement. Le gland commença à entrer, lentement, progressivement, jusqu'au moment où le rempart annelé céda, comme un ressort que l'on détend, et ma pique disparut peu à peu…

Ariane commença à se cambrer plus fort, puis à bouger lentement les fesses pour aller à la rencontre de l'invasion.

Je fis signe à Alexandra, qui se plaça à côté de son aînée, mais face à moi pour ne rien perdre du spectacle. Je vis sa main passer sous le ventre d'Ariane. Elle dut trouver rapidement le but, car je vis Ariane se cabrer brusquement et pousser un gémissement fort et bref. Notre jeune amie s'activait, et je voyais son bras osciller en un mouvement régulier, qui s'accéléra.

Les coups de reins d'Ariane s'étaient amplifiés et devenaient de plus en plus rapides. Elle se raidit en un orgasme qui la fit frissonner de tout le corps.

Son anneau charnel enserrait vigoureusement ma dague. Cette sensation puissante, jointe à la vision de mes deux complices de luxure complètement prises par leur passion, m'amena très vite à la jouissance. Je me répandis dans le fondement d'Ariane, qui jouit une deuxième fois, en même temps que moi.

Nous nous désunîmes, et reprîmes nos forces. Après nous être tous rafraîchis, nous nous installâmes sur le sofa et dégustâmes un café bien chaud.

Ariane se rhabilla, prit Alexandra par la main, et lui murmura quelque chose à l'oreille. Sa jeune compagne l'écouta très attentivement, puis lui sourit, l'air complice. Elles ne tardèrent pas à me quitter, me laissant seul avec mes réflexions sur leur nouveau secret...

XI

Ariane me rendit de nouveau visite une semaine après, alors que je me disposais à fermer la galerie.

Elle était rayonnante.

— Jacques, tu ne devineras sûrement pas ce que je viens te raconter…

— Pourquoi pas ? Voyons, tu as poursuivi l'initiation d'Alexandra, et celle-ci est à ta dévotion, et…

— Non, tu as perdu, mais je vais te donner une seconde chance. Devine…

— Tu as présenté Alexandra à Sophie, et elles sont devenues amoureuses l'une de l'autre ?

— Tu as encore perdu, bien que l'idée mérite d'être explorée. Cherche un peu autour d'Alexandra !

— Son frère, peut-être, mais non, ce n'est pas possible, quoique…

— Mais si, c'est bien ça !

— Viens, tu vas me raconter tout cela !

Nous retrouvâmes, dans l'arrière-boutique, notre vieux sofa, compagnon fidèle et discret de nos confidences et de nos ébats. Nous nous installâmes confortablement, en compagnie d'une bouteille de vieux Xérès que je venais de sortir de ma réserve.

Ariane, un verre à liqueur à la main, dégusta longuement le nectar presque centenaire, puis se tourna vers moi :

— Mmm, je vois que tu as autant de bon goût dans ce genre de gourmandise que dans certaines autres...

— Ariane, tu m'as fait attendre trop longtemps, raconte, maintenant...

— L'idée d'initier le frère d'Alexandra m'est venue en voyant les dispositions réelles de celle-ci pour les jeux amoureux. J'ai pensé que c'était peut-être une qualité familiale. Je m'ouvris de ce projet à notre jeune amie, qui applaudit tout de suite à l'idée, d'autant que je lui fis miroiter la perspective d'avoir bientôt un partenaire complètement initié à sa portée, à la maison même...

— Bonne idée en effet, mais comment y as-tu donné suite ?

— Alexandra m'a dit que son frère, qui a vingt-deux ans, gagnait un peu d'argent en faisant des travaux de toute sorte, réparations ou jardinage, pendant les temps laissés libres par ses études universitaires, pour pouvoir s'acheter un équipement de son. Elle ajouta qu'il était très adroit, et que ses clients étaient toujours très satisfaits de lui. J'avais justement des travaux de peinture intérieure à faire dans certaines pièces. J'ai pris rendez-vous avec lui hier matin, et tout a commencé ainsi.

— C'est-à-dire ?

— Attends, tu es bien impatient !

Ariane trempa les lèvres dans son verre, paraissant se délecter, et je me pris, une fois de plus, à admirer l'extrême sensualité de mon amie.

Elle était vêtue d'une robe longue et ample qui dissimulait ses formes. Mais je me souvenais très précisément de ce que ce vêtement cachait, et puis chacun de ses mouvements révélait ses superbes rondeurs...

92

Elle eut conscience de mon regard, me sourit, et posa son verre doucement sur le bureau.

— Jacques, tu me distrais de mon récit, ça suffit...

— Pardonne-moi, tu me plais, que veux-tu.

— Plus tard, peut-être, maintenant écoute-moi... Antoine, le frère d'Alexandra, était à l'heure hier matin. Je m'attendais à un adolescent boutonneux et ordinaire, mais j'eus l'heureuse surprise de découvrir un jeune homme brun au visage assez plaisant, très grand et mince, non dépourvu de classe et de charme mais visiblement bourré de complexes. Il était assez peu mis en valeur par son short, son chandail et ses chaussures de sport, qui constituaient, de toute évidence, sa tenue de travail manuel.

J'avais pris soin de mettre une tenue de tennis en coton blanc, faite d'un chemisier sous lequel je ne portais pas de soutien-gorge, et d'une jupe très courte sous laquelle je portais un slip très échancré de même tissu et couleur. Je n'étais pas maquillée, et j'avais relevé mes cheveux en un chignon posé au-dessus de la tête.

Antoine ne manqua pas de remarquer tout cela : son regard passa très rapidement sur moi, et il rougit violemment. Après s'être présenté, il me suivit à l'étage, où se trouvaient les pièces à repeindre.

Je passai devant, prenant mon temps pour monter l'escalier, lui laissant le loisir de voir mes arrières en détail. Nous passâmes en revue chacune des pièces, et je lui indiquai ce que je voulais, les couleurs, etc.

Pendant toute cette démonstration, je ne manquai pas de me pencher ou de me mettre dans des positions qui, sans être ostentatoires, lui permettaient d'entrevoir mes trésors. C'était parfois mon décolleté très profond, que les boutons durement mis à l'épreuve de mon chemisier retenaient mal, parfois un petit bout de slip qui soudainement, dans le feu de l'explication, se découvrait, ou une cambrure en apparence involontaire mettant en évidence mes reins...

Antoine, très nerveux, demeurait sur ses gardes, et se contentait de répondre succinctement à mes questions. Il repartit dans sa vieille Ford pour aller acheter la peinture, les pinceaux et revint une demi-heure après.

J'avais une grande échelle dans mon sous-sol, et j'invitai mon jeune ouvrier à aller la chercher. Cette fois-ci, je passai derrière lui dans l'escalier étroit et assez raide. À un certain moment, comme par hasard, je glissai et me rattrapai à lui, en le serrant fortement, ce qui lui permit de sentir mon corps contre lui. Il me rattrapa sans effort, et ses mains, ce faisant, passèrent sur certaines parties très rondes...

Antoine, de toute évidence, était plus fort que ne le suggérait sa corpulence. Je lui en fis la remarque, et cela lui fit visiblement plaisir. Nous remontâmes les marches, Antoine derrière moi avec l'échelle sur l'épaule.

Celui-ci eut de ce fait le loisir de voir fort précisément, du fait de la proximité et de sa position en contrebas, ce qui se trouvait sous ma jupette. Mon jeune visiteur soufflait fort derrière moi, mais cela n'était pas dû au poids de l'échelle, qui est très légère...

Arrivé à l'étage où les travaux devaient avoir lieu, il posa celle-ci, et ne put dissimuler à temps une bosse révélatrice sous son short. À première vue, Antoine semblait fort bien membré...

Il fut bientôt à l'ouvrage, perché sur l'échelle, et concentré sur la marche de son rouleau sur le mur d'une de mes pièces. De temps à autre, je venais le voir, mais il demeurait absorbé par sa tache, du moins en apparence.

Craignant de perdre son attention, je décidai de changer de tactique.

Je lui dis que j'allais faire de l'exercice, et le laissai à son travail. Je me mis en tenue adéquate, ce qui consistait en un soutien-gorge et un string en tissu élastique jaune et des chaussons de danse noirs. Je jouai le jeu et fis de l'exercice dans la salle que j'avais fait aménager à cet effet. Au bout d'une demi-heure, j'avais atteint l'aspect souhaité, c'est-à-dire que mon corps luisait de transpiration, et mes vêtements collaient à ma peau...

Je savais fort bien quel effet j'allais avoir sur mon jeune visiteur, et le rejoignis, une serviette à la main. Son travail était bien avancé, et je le félicitai. Il se retourna, et faillit tomber de son perchoir en m'apercevant dans ma tenue de sport très succincte.

Je restai un long moment à tourner dans la pièce, sous prétexte de lui poser des questions techniques sur le travail restant à faire.

J'en profitai pour lui offrir une vue plongeante sur mes seins qui pointaient vivement sous le tissu, et pour prendre des poses aguichantes, soit pour regarder par la fenêtre, soit pour tenir son échelle.

Me trouvant sous lui, je pus voir, par l'ouverture que m'offrait le bas de son short, la bosse considérable que faisait son sexe bridé par un caleçon de coton blanc. Celui-ci était d'ailleurs légèrement entrebâillé par l'érection, et je crus distinguer le gland et une partie des bourses... À ce moment, la tentation fut grande de passer la main sous son short, mais je résistai, à grand-peine il est vrai...

Je lui offris de s'arrêter quelques instants pour prendre un rafraîchissement, ce qu'il accepta avec empressement.

Je décidai de mettre fin, pour un temps, à son supplice et enfilai rapidement un peignoir en tissu éponge, suffisamment étroit pour mettre mon corps en valeur mais en même temps assez décent pour sauvegarder les apparences... Je défis mon chignon et laissai mes cheveux glisser sur mes épaules.

Nous nous retrouvâmes dans la cuisine. Je fis en sorte de m'activer pendant quelques instants, le temps de préparer des boissons et quelques amuse-gueules.

Ses yeux ne quittaient qu'avec regret ma silhouette, en particulier mes fesses, quand je me retournais vers lui pour lui adresser la parole. La bosse se montrait de nouveau sous son short, et le malheureux essayait en vain de la dissimuler.

Nous fûmes bientôt en grande conversation, un verre à la main. J'appris qu'il n'avait pas de petite amie, et qu'en fait il menait une existence assez solitaire – quelques amis, et pratiquement jamais d'amies féminines – et plutôt livresque, bien qu'il pratiquât le tennis et la natation assidûment.

Ses relations avec ses parents étaient assez conventionnelles et sans grande affection, mais il était assez proche de sa sœur.

Au fil des minutes, j'arrivai petit à petit à le mettre en confiance, et il se mit à parler avec un peu plus de facilité. Il finit par admettre qu'il était assez timide, ce qui l'avait empêché à plusieurs reprises d'entretenir des relations plus poussées avec des jeunes filles.

Je profitai de cette ouverture. Je lui dis qu'à mon avis c'était très injuste car il avait beaucoup de charme et d'allure, et qu'en fait il aurait dû avoir pas mal de succès si ce n'avait été sa timidité. Il fut sensible à ma remarque, car il rougit et se tut un moment.

Je lui dis qu'il lui faudrait un jour faire un pas en avant suffisamment grand pour se bâtir une meilleure confiance en lui-même, et briser définitivement cette barrière psychologique. Il me demanda comment cela pourrait se réaliser sans aide.

Je reconnus qu'il lui faudrait un soutien extérieur, et lui offris mon aide, ajoutant que je le trouvais sympathique et surtout attendrissant...

Je m'approchai de lui et, pour ponctuer mon discours, posai un léger baiser sur sa joue. Il me retint contre lui, non sans hésitation. En fait, il tremblait des pieds à la tête.

Je me collai doucement contre lui. Il n'attendait que cela et, brusquement, ses mains furent sur tout mon corps. Il m'embrassa avec passion, mais ne sut que faire quand j'ouvris les lèvres pour chercher sa langue. Je fermai les yeux et me laissai caresser avec délices, malgré la maladresse de mon jeune ami.

Tu imagineras difficilement la frénésie avec laquelle il me parcourut des mains et des lèvres...

Au bout de quelques instants, je décidai de prendre la direction des événements. Je lui pris la main et le conduisis vers ma chambre. J'ouvris le lit, et le déshabillai. Je fus surprise de voir que, bien que mince, il était assez musclé, d'une belle musculature longue.

Quant à son sexe, quel monstre ! Il devait mesurer au moins vingt centimètres, et il était large comme une lame. Ses testicules étaient proportionnels à son phallus. Ce fut mon tour d'explorer son corps, et je ne me privai pas. Pendant ce temps, sa bouche s'était emparée de mes seins et les suçait alternativement.

J'en vins à caresser sa tige, au bout de laquelle le gland, très développé, pointait fièrement. Je flattai les bourses. Mon jeune amant avait fermé les yeux et respirait très fort. Il ne résista pas longtemps à mon doux massage, et, avec un gémissement bref, il éjacula, en giclées longues et violentes qui se répandirent sur son ventre.

Connaissant la capacité des jeunes gens à récupérer, et à renouveler leurs réserves en semence, et très émoustillée par le spectacle dont je venais d'être à la fois actrice et témoin, je décidai de satisfaire mon désir d'être possédée.

Je laissai mon jeune amant se reposer un instant. Il gardait les yeux fermés, et reprenait son souffle. Au bout d'un moment il ouvrit les yeux et me sourit tendrement.

Je l'embrassai passionnément, et en profitai pour lui apprendre le jeu amoureux des langues. Il eut vite fait de comprendre, et sa langue prit bientôt possession de la mienne.

Je quittai sa bouche pour décrire avec mes lèvres le contour de son corps, son cou, sa poitrine où je m'arrêtai un instant pour exciter les pointes des seins. Je descendis ensuite le long du ventre et des flancs, pour arriver lentement vers la hampe, qui m'attendait, de nouveau fièrement dressée. J'admirai de nouveau, pendant un instant, le pieu qui battait imperceptiblement au rythme des pulsations cardiaques de mon nouveau disciple. Qu'il était beau !

Je pris la tige lourde et massive dans la main, la caressai lentement, mais ne résistai pas longtemps à l'envie de la prendre dans ma bouche. Je suçai voluptueusement, en prenant mon temps, enivrée par le goût de la semence qui avait coulé tout le long, et stimulée par les gémissements de jouissance qui répondaient à mes coups de langue.

J'estimai bientôt qu'il était temps de passer à la dernière phase : je m'installai à califourchon sur le ventre d'Antoine et, saisissant la tige d'une main, m'empalai très doucement sur celle-ci.

La sensation fut très forte, d'être totalement remplie, au-delà de mes expériences passées. J'attendis un instant, puis amorçai, avec les cuisses, un mouvement de va-et-vient qui fit se mouvoir le pieu de chair dans ma fente. Quelle jouissance !

J'allai très doucement pour mieux profiter de la sensation qui me balayait le corps. Antoine, sous moi, râlait de plaisir, les yeux rivés sur mon corps qu'il voyait de face, en particulier sur mes seins qui se balançaient doucement au rythme de mon mouvement.

Je ne tins pas très longtemps. Mes mouvements s'accélérèrent, devinrent saccadés, mes sucs d'amour assurant une excellente lubrification. Je jouis bientôt, et Antoine éjacula en moi presque en même temps. Je m'écroulai sur lui, il resta planté en moi, et nous nous assoupîmes ainsi...

Sur ces mots, dont la puissance évocatrice avait fortement émoustillé mes sens, Ariane se leva, s'étira longuement et voluptueusement, me permettant d'admirer de nouveau sa silhouette.

Je me levai et l'enlaçai doucement. Je posai un baiser léger sur ses lèvres. Elle ne se laissa pas entraîner vers le sofa et me repoussa gentiment. Un peu étonné, car c'était la première fois que cela arrivait, je la regardai attentivement.

— Tu es belle, Ariane, tu me plais, plus encore maintenant qu'au début de nos relations. Ta personnalité réunit à la fois l'esprit et la sensualité, et mon attirance vers toi n'est pas simplement physique. Je me demande si je ne suis pas en train de devenir amoureux de toi...

— Attends, je crains que tu n'arrives un peu tard… Hier, Antoine m'a dit qu'il m'aimait.

— Et alors ? Ne me dis pas que ce jeune blanc-bec…

— Je dois t'avouer que sa déclaration m'a troublée. Et puis je te trouve bien dur vis-à-vis de ce garçon que tu ne connais même pas. Il a cette fraîcheur que toi et moi avons oubliée, cette spontanéité que nous avons perdue, cette capacité de s'étonner que nous n'avons plus. En fait, je ne sais plus très bien où j'en suis à présent, j'ai besoin d'un peu de temps pour voir plus clair.

— Si je comprends bien, tu me signifies mon congé…

— Ce n'est pas si simple. Si Antoine n'était pas entré dans ma vie de manière si fracassante…

— N'exagérons pas…

— Mais si, c'est vrai, si Antoine n'était pas là, tu serais certainement en train de prendre une place dans ma vie qu'aucun homme n'a jamais prise, mais là…

— Que dois-je comprendre alors ?

— Tout simplement que je veux prendre un peu de recul par rapport à tout cela, un peu de temps me sera nécessaire.

— C'est bien, je respecterai ton souhait, mais donne-moi une chance au moins !

— Cela va de soi ! À bientôt, Jacques…

Elle me sourit, d'un sourire un peu triste, puis se retourna et disparut très vite.

J'attendis qu'elle eût quitté la galerie pour aller dans l'arrière-boutique me servir un verre de sherry sec.

Je ne m'attendais vraiment pas à cet événement… Ou peut-être étais-je trop sûr de moi, et le sort me donnait-il une leçon ?

Peut-être n'avais-je pas assez pris soin d'Ariane, dans le feu de mes autres aventures, mais j'avais toujours eu l'impression que cela la laissait indifférente, et même que cela l'amusait...

Ah, le féminin mystérieux...

XII

Mes activités professionnelles prirent un temps le pas sur ma vie privée.

Un court voyage aux États Unis, destiné à faire l'achat de nouvelles pièces, m'amena à confier la gestion de la galerie à Sophie pendant une semaine. J'avais, par ailleurs, prévenu Alexandra de mon absence, à la grande déception de celle-ci.

Avant de partir je laissai un message à Ariane, devenue invisible depuis quelque temps.

Mes correspondants américains m'ayant, pour une fois, proposé des pièces d'assez médiocre qualité, je me dispensai d'en faire l'acquisition. Je dus me contenter d'aller visiter les musées locaux et restai donc, dans l'ensemble, sur ma faim.

Tout cela m'amena à revenir plus tôt que prévu à Montréal, et d'assez méchante humeur... De ce fait, j'oubliai de prévenir Sophie de mon retour...

Dès mon arrivée, en fin d'après-midi, je me rendis à la galerie. La porte était verrouillée. Je regardai ma montre, et réalisai que l'heure de fermeture était déjà passée. Je décidai d'entrer quand même, je ne sais trop pourquoi, probablement dans l'espoir de trouver Sophie au travail.

La porte donnant sur l'arrière-boutique était grande ouverte. Je crus entendre des bribes de ce qui semblait une conversation. Je m'approchai et reconnus la voix de Sophie, mais l'identité de l'autre, bien que familière, ne me revenait pas.

J'entrai et eus vite fait de comprendre pourquoi je ne reconnaissais pas l'autre voix.

Sophie était étendue sur le sofa, la jupe retroussée jusqu'à la taille, une jambe repliée sur le dossier et l'autre reposant sur le sol. Au milieu de ses cuisses largement ouvertes, je distinguai la crinière rousse d'Alexandra...

Celle-ci avait tiré de côté le slip de Sophie et s'appliquait à lécher le clitoris de sa compagne, laquelle accompagnait chacun de ses coups de langue d'un mouvement souple de son ventre vers l'avant.

Apparemment, elles ne m'avaient pas entendu entrer, car elles firent un bond et poussèrent un cri, puis se calmèrent en me voyant. Elles mirent un peu d'ordre dans leur mise, me firent un large sourire, et vinrent se couler dans mes bras.

Sophie fut la première à parler :

— Bienvenue, Jacques, c'est une heureuse surprise, mais tu aurais pu me prévenir et je serais venue te chercher à l'aéroport !

— Tu sais, Sophie, je pense que Jacques l'a fait exprès pour nous surprendre...

— Détrompe-toi, Alex, j'ai complètement oublié au dernier moment. Pardonne-moi, Sophie. Mais je vois que vous n'avez pas perdu de temps en mon absence ! Comment vous êtes-vous rencontrées ?

— C'est Alex qui a fait le rapprochement : tu avais compté sans sa curiosité !

— Oui, la galerie était restée ouverte, alors j'ai voulu voir qui la dirigeait en ton absence, et voilà !

— Et cette fameuse rencontre remonte à quand ?

— Au lendemain de ton départ.

— Ah, et quand avez-vous… ?

— Très vite. Alex me paraissait faire preuve de grande curiosité dans tous les domaines, alors j'ai décidé de poursuivre ton œuvre initiatrice, tant au niveau des antiquités que pour le reste.

— Bravo ! Il ne te reste plus qu'à continuer, sous ma tutelle, bien sûr.

— Avec plaisir. Quand commençons-nous ?

— Pourquoi pas maintenant ? Vous étiez bien avancées dans vos jeux quand je suis arrivé !

J'allai verrouiller la porte de la galerie. Quand je revins, mes deux jeunes compagnes s'étaient mises nues et s'étaient de nouveau installées sur le vieux sofa. Sophie était étendue sur le dos, les jambes ouvertes et repliées sur ses fesses. À l'intérieur de ce compas, Alexandra, à genoux au pied du sofa, rendait hommage avec sa bouche à la coquille de son amie.

Alexandra, qui me tournait le dos, m'offrait la vue de sa croupe tendue vers moi, me permettant ainsi d'admirer sa jolie fente rose aux boucles rousses et, au-dessus, le minuscule orifice froncé. Je m'approchai pour me repaître de plus près de la pose coquine de la jeune fille, et aussi parce qu'une idée de jeu m'était venue à l'esprit.

C'est alors que je pus apercevoir le sexe de Sophie : celui-ci était complètement rasé.

Le spectacle était, de ce fait, encore plus impudique. La conque de Sophie, plus offerte que jamais, s'ouvrait sans paravent aux caresses qu'Alexandra lui prodiguait alternativement avec la langue et avec les lèvres.

Ma voix était rauque quand je m'adressai à Sophie :

— Depuis quand es-tu rasée ?

— Depuis trois semaines. Alex adore ça, et puis les sensations sont plus fortes quand je mets une culotte en soie. Il m'arrive d'avoir des orgasmes plus facilement, sans avoir à me toucher. Et ça me donne envie de me branler ou de faire l'amour plus souvent ! C'est joli comme ça, tu ne trouves pas ? Tu aimes ?

— Beaucoup ! En fait, je trouve ça très excitant...

Pendant cette courte conversation Alexandra s'était arrêtée de caresser Sophie, et s'était assise à côté de son amie. Ses doigts s'activaient sur son propre sexe, et elle me regardait, droit dans les yeux, un petit sourire de défi aux lèvres.

Je décidai de donner suite à mon idée de jeu amoureux.

Je me déshabillai complètement, et m'assis sur le sofa.

— Alors, mesdemoiselles, qui va s'occuper de moi ?

Alexandra fut plus rapide que Sophie, qui était encore alanguie par les caresses qu'elle avait reçues. Elle se mit à genoux sur la moquette devant moi, m'écarta les cuisses et s'empara de ma hampe avec la main droite. Elle se mit à la caresser, de haut en bas, en dégageant bien le gland. Le mouvement, lent au début, s'accéléra quand ma tige eût atteint une solide érection.

À mes côtés, Sophie, les cuisses ouvertes, se masturbait d'une main, et de l'autre titillait les pointes de ses seins. Alexandra la regarda, et je vis disparaître sa main gauche entre ses propres cuisses. Le mouvement saccadé de son bras trahit le caractère polisson de son activité.

Mais elle ne s'en tint pas à cela. Elle approcha le visage de mon sexe, et sa langue s'enroula doucement autour du gland, pendant que sa main droite poursuivait son action masturbatrice. Sa bouche s'ouvrit en un O charmant, pour mieux engloutir le bout de la verge, qu'elle se mit à sucer lentement, avec une délectation visible. Le mouvement de sa main sur son propre sexe s'accéléra. De son côté, Sophie gémissait sourdement, les pommettes rougies par la caresse qu'elle se donnait, le souffle court, et paraissait proche de l'orgasme.

Il était grand temps de mettre en place mon jeu.

Je me dégageai doucement d'Alexandra, qui poussa un petit cri de dépit, et je posai les mains sur celles de Sophie, pour l'obliger à s'arrêter, non sans qu'elle ait protesté.

— Mesdemoiselles, attendez, vous n'allez pas regretter d'avoir été interrompues. Voilà...

J'allai chercher une couverture, et l'étalai sur la moquette. Je me couchai dessus.

— Sophie, viens.

Je la fis s'installer à califourchon sur moi, me faisant face. Je l'attirai vers moi et la fis se coucher un moment sur moi. Nous nous caressâmes mutuellement, avec les mains et avec nos corps tout entiers. Alexandra nous regardait, les yeux écarquillés, et se masturbait fébrilement.

Au bout d'un moment, notre excitation fut à son comble.

Je fis se redresser Sophie, et lui dis de s'empaler doucement sur mon sexe. Elle prit ma tige, et se caressa la vulve avec le gland, et insistant sur son clitoris.

La lubrification de ses sucs d'amour était parfaite et la sensation poignante, et nos gémissements se mêlèrent à ceux d'Alexandra. Ma compagne pointa alors la pique vers sa fente, et s'assit très lentement sur mon ventre. Quand la pénétration fut complète, elle resta dans cette position un instant, en me regardant intensément. Puis elle commença à bouger, de bas en haut, lentement, en ondulant du ventre.

Je me tournai alors vers Alexandra :

— À toi maintenant. Approche…

Je la fis s'installer à califourchon au-dessus de mon visage, face à Sophie.

Je pouvais ainsi voir sa jolie moule rose, d'où sourdait une goutte de liqueur nacrée, et son orifice anal qui palpitait imperceptiblement. Je l'attirai vers mon visage, et bientôt mes lèvres furent en contact avec ses parties intimes. Je commençai ma lente caresse, d'abord avec les lèvres, sur sa vulve. Alexandra gémit longuement.

Sophie, pendant ce temps, me chevauchait avec une fougue grandissante, ses mouvements devenaient de plus en plus violents et rapides. Je sentais ses sucs se répandre sur mes bourses.

Mes deux compagnes s'immobilisèrent un instant.

Étonné, je me dégageai un peu et dirigeai mes regards vers mon grand miroir, fidèlement disposé à son poste habituel sur le sol de l'arrière-boutique.

Le spectacle qu'il reflétait était charmant : mes deux amantes étaient en train de s'embrasser passionnément, tout en se caressant mutuellement les seins et le ventre.

Je me délectai un moment de cette vision saphique, puis je recommençai à prodiguer mes soins à l'entrejambe d'Alexandra, cette fois-ci avec ma langue, alternativement sur sa vulve et sur son anus. Ma jeune amie oscillait doucement pour accompagner mes mouvements linguaux.

Sophie, dont la conque aspirait goulûment mon sexe, avait repris de plus belle sa cavalcade, avec une fougue qui menaçait par moments de nous faire désunir.

Alexandra faisait de même, ses ondulations de plus en plus rapides faisaient jouer le rôle de lime à ma langue et à mes lèvres, qui savouraient avidement le contact salace avec ses deux orifices intimes. Je prenais mon temps, me délectant des sucs amoureux qui sourdaient de cette très jeune figue.

Mon orgasme était proche, mais je fus devancé par mes deux amies qui hurlèrent en même temps, et répandirent leur décharge sur mon ventre et mon visage.

J'éjaculai presque aussitôt, et nos cris de jouissance se mêlèrent.

Nous nous reposâmes quelques instants, puis mes compagnes allèrent se rafraîchir. Elles revinrent, habillées de pied en cap.

— Monsieur, vous n'êtes guère décent ! Quel spectacle abominable ! Voulez-vous vous sauver, ou nous appelons à l'aide !

Je me levai paresseusement, et me dirigeai vers le cabinet de toilette, suivi par les éclats de rire de mes amies.

Sophie, qui s'avérait connaître les parents d'Alexandra, les avait prévenus qu'elle resterait un peu plus longtemps à la galerie. Elle reconduisit la jeune fille chez elle. Quant à moi, j'étais tellement épuisé que je rentrai chez moi aussitôt et me couchai sans dîner.

XIII

Je me levai assez tôt le lendemain.

J'avais pris soin de demander à Sophie d'assurer la permanence à la galerie un jour de plus, pour me permettre de mettre mes affaires à jour.

Cette soirée de plaisirs m'avait permis de m'étourdir, et d'oublier Ariane pendant quelques heures. Celle-ci avait été très présente dans mes pensées pendant mon voyage.

J'avais peur de mes sentiments, qui ressemblaient fort à de l'amour, d'autant que je n'étais guère préparé à cela, après des années d'une vie assez insouciante et sans engagements prolongés.

Jusqu'à présent, seule Barbara avait laissé une trace dans ma vie, mais je m'étais vite aperçu que je n'étais qu'un faire-valoir, et qu'elle continuait d'être amoureuse de son mari. Notre relation n'avait duré que quelques semaines, puis elle était rentrée sagement dans le moule de sa fidélité conjugale bafouée.

J'avais l'intention de faire face à cette situation ambiguë le plus rapidement possible, parce que cette incertitude me pesait.

Je passai une bonne partie de la journée à régler les problèmes en suspens, puis allai rejoindre Sophie à la galerie. Elle était en train de fermer quand j'arrivai. Nous fîmes, pendant une bonne heure, le point de ce qui s'était passé pendant mon absence.

Sophie avait brillamment réussi l'intérim, elle avait même vendu pas mal de pièces, et élargi le cercle de ma clientèle.

Elle m'informa avec une certaine fierté qu'elle avait effectué une vente importante, un bas-relief égyptien de très belle qualité, à un de mes clients les plus difficiles.

Je la félicitai :

— Franchement, je suis très impressionné, car je connais bien ce client. C'est un personnage assez ombrageux et plutôt misogyne, et la pièce était difficile à vendre. Il est vrai que tu avais toute l'expertise requise pour défendre les vertus de ce relief, mais quand même...

— ... Et je savais bien qu'il était totalement insensible, du moins en apparence, au charme féminin !

— C'est vrai, c'est un vieux garçon qui vit tout seul dans une maison gigantesque au milieu de sa collection. Il n'y a que ça qui l'intéresse, d'ailleurs, et je le crois totalement dépourvu d'humanité. Il faut fêter ça ! Que dirais-tu d'aller dîner quelque part ?

— Avec plaisir, mais il faudrait que j'aille me changer. J'habite tout près d'ici, je devrais être de retour dans une demi-heure.

— Entendu, je t'attendrai ici. De toute façon, il faut que je me remette dans le bain !

Sophie revint, habillée d'une robe longue et évasée en lin, au corsage sans manches sous lequel elle n'avait pas mis de soutien-gorge, et de chaussures à talons hauts. Sa tenue, toute de couleur bleu vif, mettait en valeur sa carnation de blonde, et son extrême féminité faisait un contraste saisissant avec ses cheveux très courts. De plus, elle avait enlevé ses lunettes pour les remplacer par des verres de contact, ce qui faisait ressortir encore plus ses grands yeux bleus.

Elle portait un grand sac de toile en bandoulière. Quand je lui demandai ce que c'était, elle se contenta de sourire mystérieusement et de le mettre dans le coffre de ma voiture.

Elle était ravissante, et je le lui dis. Je lui dis également que je trouvais qu'elle avait beaucoup changé ces derniers mois, et qu'elle était encore plus attirante qu'auparavant. Elle rougit un peu, ce qui me rappela nos premières rencontres dans l'arrière-boutique.

Je la pris doucement dans mes bras et nous échangeâmes un long baiser. Notre désir commençait à monter, et nous nous séparâmes à regret.

Mais la soirée ne faisait que commencer, après tout, et nous avions très faim...

Nous allâmes dîner dans un petit restaurant spécialisé dans la cuisine provinciale française, et nous dégustâmes un foie gras, suivi d'un confit de canard, le tout arrosé d'un superbe gaillac, qui venait du village dont le chef était originaire. Le dessert, une tarte Tatin dans la grande tradition, précédait les deux grands cafés dont nous eûmes besoin pour continuer cette soirée.

Sophie, très en forme, me proposa d'aller dans un club privé où se produisaient des danseuses nues.

— C'est pour toi, Jacques, parce que je te trouve un peu triste et absent depuis que tu es revenu. As-tu abandonné une belle esseulée en France ?

— Non, pas du tout.

— Alors, qu'est-ce que c'est ?

— Rien, rien !

— Bon, bon ! Tu m'en parleras quand ça te chantera ! Allons voir les filles maintenant, après tout, moi aussi j'aime ça !

— À ce point ?

— Mais oui, tu sais bien que j'aime autant les femmes que les hommes. Et puis ce ne sont pas les mêmes plaisirs, donc les possibilités deviennent presque illimitées !

Nous roulions alors vers l'extérieur de Montréal où se trouvait le club privé. Sophie se colla contre moi, et sa main gauche se posa sur mon entre-jambe, qu'elle se mit à masser lentement à travers le pantalon.

Elle eut vite fait d'obtenir une érection puissante, d'autant que ses propos m'avaient émoustillé. Elle continua de masser la raideur pendant quelques instants, puis elle ouvrit la fermeture éclair et dégagea la dague de chair, qu'elle enserra de sa main et masturba doucement.

Tout en poursuivant ses soins amoureux, Sophie se rencogna sur son siège, puis, écartant les jambes, elle releva sa jupe de la main droite. Elle entrouvrit sa minuscule culotte blanche, et entreprit de caresser sa jolie motte entièrement lisse. Pendant tout ce temps, elle n'avait cessé de me regarder, guettant visiblement mes réactions. Elle ne tarda pas à accélérer le mouvement de ses mains en une harmonie synchrone qui nous mena au bord de l'orgasme.

Brusquement, elle s'arrêta :

— Ça suffit ! Il ne faut pas que nous jouissions encore, mais simplement que nous aiguisions nos sens. La soirée est loin d'être finie, et j'ai quelques idées en tête.

— Lesquelles ?

— Tu verras. Ralentis, nous approchons de notre destination.

Nous passâmes sur un pont, et abordâmes une petite île située au nord de Montréal. Nous nous arrêtâmes bientôt devant une maison située dans un petit parc. L'ère de stationnement était déjà bien remplie de véhicules qui ne laissaient aucun doute sur les capacités financières confortables de leurs propriétaires. À la porte, un jeune homme rébarbatif et à la stature impressionnante nous examina attentivement, sembla reconnaître Sophie, puis nous laissa entrer.

Nous traversâmes un grand hall, puis gravîmes un escalier en large cercle menant à l'étage supérieur. La pièce dans laquelle nous nous trouvions maintenant était de grande taille, occupée dans son centre par un podium circulaire, autour duquel des tables étaient disposées. L'éclairage très tamisé donnait à l'ensemble une atmosphère intime.

La salle était presque pleine et, contrairement aux cabarets de danseuses nues classiques au public plus rugueux, l'assistance n'était pas faite que d'hommes : les femmes étaient nombreuses, mais toutes étaient accompagnées. Tout le monde était vêtu avec recherche.

La musique de jazz, assez forte, accompagnait de ses rythmes puissants deux danseuses qui évoluaient dos à dos, sous la lumière de projecteurs dont la couleur changeait de temps en temps. Toutes deux de taille moyenne, l'une brune, l'autre blonde, au corps joliment musclé mais non sans rondeurs, elles n'étaient vêtues que d'un slip très succinct qui s'attachait à leurs hanches et dont l'arrière ne dissimulait presque rien de leurs fesses.

Nous nous installâmes à une table située près du podium. Je commandai du champagne.

Sophie paraissait transfigurée, dans un état de forte excitation, les yeux brillants et les pommettes rosies, une légère moiteur au front. Elle ne quittait pas des yeux l'une des danseuses, la brune, dont la chevelure luxuriante descendait jusqu'aux omoplates.

La danseuse tournait lentement sur elle-même en ondulant des hanches d'avant en arrière comme pour l'amour, faisant virevolter sa chevelure et nous dévoilant tour à tour ses seins et son ventre plat coupé par la brièveté du cache-sexe et son dos en V superbe, qui dominait ses fesses rondes et fermes.

Le spectacle de cette belle fille au corps splendide nous fascinait tous deux, mais Sophie paraissait en transe. Au bout d'un moment la danseuse remarqua l'attention que lui portait ma compagne, et parut même la reconnaître, bien que l'échange de clins d'œil ait été très discret.

À partir de ce moment-là, elle se mit à danser pour Sophie. Chacun de ses mouvements était un appel à l'amour, son corps, son regard tendus vers mon amie. Celle-ci était transfigurée, le visage aux lèvres entrouvertes reflétant le désir le plus sauvage, légèrement renversée sur sa chaise, le souffle court. Je remarquai que ses mains étaient passées sous la table et, bien que la nappe ne laissât rien apparaître, je devinai, au léger mouvement de ses bras, qu'elle se caressait.

Rempli de confusion, je regardai autour de moi. Je fus vite rassuré. À de rares exceptions, tous ceux et toutes celles qui regardaient le manège qui se déroulait sur le podium s'adonnaient à des jeux de mains discrets, individuels ou mutuels, semblables à ceux de Sophie.

La tension érotique qui régnait dans cette salle était insoutenable, même si celle-ci ne se reflétait qu'imperceptiblement sur les visages de nos voisins. Le raffinement suprême semblait être d'aller jusqu'au bout de ses désirs tout en gardant une apparente maîtrise de soi.

Je m'apprêtai à céder au mouvement général et commençai à ouvrir mon pantalon mais ma compagne me devança : je sentis sa main caresser mon sexe, lentement, fermement. Désireux de lui rendre cette galanterie, j'avançai la main vers l'entre-cuisse de Sophie, et mes doigts furent bientôt en contact avec sa coquille toute tiède et moite. Elle gémit très doucement, tout en continuant de regarder la danseuse.

Celle-ci avait remarqué notre manège, et un petit sourire apparut sur son visage. Tout en continuant à danser, elle tendit soudainement les mains vers Sophie, en signe d'invitation.

Mon amie se tourna vers moi, l'air interrogateur. Je lui souris :

— En as-tu envie ?

— Oui. Je voudrais faire l'amour avec cette fille.

— Ici ? Sur le podium ?

— Bien sûr ! Ça t'ennuie ?

— Vas-y...

Sophie se leva et, en quelques secondes, fit passer sa robe par-dessus sa tête.

Elle se retrouva vêtue en tout et pour tout de sa minuscule culotte, dont la coupe n'avait rien à envier au cache-sexe de la danseuse, et de ses chaussures à talons aiguille.

Elle emprunta un petit escalier accoté au podium, et rejoint la danseuse.

Apparemment ce genre de jeu était chose fréquente, car l'autre danseuse descendit tout naturellement de la scène et s'assit à la table d'un couple qui lui avait fait signe.

Les deux jeunes femmes se mirent à danser face à face, et je constatai avec surprise que Sophie n'était ni intimidée ni maladroite... En fait, j'avais l'impression de me trouver devant deux professionnelles, comme si Sophie avait déjà pratiqué ce genre de métier, ou s'était entraînée en secret. Leurs mouvements, extrêmement suggestifs, étaient autant de stimulants que l'assistance et moi-même goûtions avec délices, tout en nous laissant aller à des jeux de mains que les nappes de nos tables dissimulaient de plus en plus mal.

La tension érotique était devenue tellement forte que certains finirent par y succomber.

Je vis certaines de mes voisines se pencher vers le ventre de leur compagnon, et le mouvement de haut en bas de leur tête me fit deviner à quel délicieux supplice labial elles le soumettaient.

Un homme alla même plus loin : il fit lever sa compagne, la fit s'appuyer en avant sur leur table et, lui soulevant la jupe et écartant son slip, il la prit en levrette. J'étais fasciné par l'épaisseur du piston charnel qui allait et venait au bas des fesses de la femme, qui accompagnait chaque assaut d'un mouvement d'avant en arrière des reins.

Un autre homme avait fait coucher son amie sur le dos sur leur table et, appuyant ses jambes écartées sur ses épaules, la limait vigoureusement de sa tige assez mince mais extrêmement longue.

La deuxième danseuse, de son côté, faisait l'objet des soins conjoints du couple qu'elle avait rejoint. Couchée sur la table, les cuisses écartées, elle recevait l'hommage labial que lui prodiguait la femme, tandis que l'homme avait pris sa bouche, qu'il pilonnait très lentement d'un phallus gigantesque.

Tout cela m'avait fait oublier Sophie pendant quelques courts instants. Soudain, je reçus un morceau de tissu tiède et humide sur le visage : c'était le cache-sexe de la danseuse.

Lorsque je me retournai, Sophie, avec un sourire malicieux, me regardait. Elle était agenouillée sur le podium et s'apprêtait à rendre hommage de la langue et des lèvres à la conque de la danseuse qui, également à genoux, lui tournait le dos.

Elle se mit à l'œuvre avec ardeur, tout en se caressant.

Quant à moi, je me masturbai furieusement en ne perdant pas de vue ce spectacle inédit, et en reniflant de temps à autre les effluves puissants qui émanaient du cache-sexe de la danseuse.

Celle-ci ne tarda pas à jouir, et ses hurlements remplirent la pièce, donnant un coup de fouet supplémentaire aux sens de toute l'assemblée. Tout le monde donnait maintenant libre cours à ses désirs, et la salle était devenue un immense théâtre orgiaque où les corps ondulaient avec frénésie sous l'empire de cette folie collective d'un moment.

La danseuse voulut prendre Sophie dans ses bras, dans l'intention de lui faire l'amour, mais celle-ci l'écarta et descendit du podium.

Sophie me rejoint, toute moite, et je voulus l'enlacer. Elle me repoussa :

— Non, pas encore, attends, ce n'est pas fini !

— Que veux-tu dire ? Qu'est-ce qui te retient ?

— Tu vas voir. Nous allons descendre aux Enfers ! En route !

Elle eut vite fait de se rhabiller, et je remis de l'ordre dans mes vêtements un peu malmenés. Sophie, à mon grand étonnement, ne portait pas de trace visible de ce qui venait de se passer.

XIV

Nous revînmes en ville.

J'avais les nerfs à vif. Ma compagne, silencieuse, semblait être dans le même état. Je regardai ma montre : il était deux heures du matin.

— Où allons-nous ?

— Dans un cabaret plus populaire, mais tu vas voir ce que tu vas voir !

Nous nous garâmes à côté d'un cabaret de danseuses nues dont les néons éclaboussaient le trottoir de couleurs violentes. Sophie prit le sac de toile dans le coffre de la voiture, et me rejoignit. Nous n'eûmes aucune difficulté pour entrer, mon amie servant de passeport aux yeux éblouis du portier. Nous nous retrouvâmes dans une salle très enfumée, encore plus grande que celle d'où nous venions. Le podium occupait tout le fond, et les tables des clients étaient disposées devant et non pas autour.

Ces tables n'étaient occupées que par des hommes, qui fumaient en buvant de la bière, et poussaient des cris d'encouragement ou d'admiration à l'adresse des danseuses.

Les filles, seulement vêtues de cache-sexe, étaient toutes fort bien tournées, mais leurs mouvements langoureux et lascifs, malgré leur jeunesse, trahissaient une certaine lassitude à l'approche de la fermeture du cabaret.

Sophie s'approcha du disc-jockey, et lui parla un bon moment à l'oreille. L'homme montra d'abord une certaine surprise, puis sourit largement, et acquiesça. Il lui indiqua les coulisses, vers lesquelles ma compagne se dirigea sans hésiter. Il se plaça derrière son micro, les yeux fixés vers les coulisses. Je m'assis à une table demeurée vacante, très intrigué.

Sophie revint au bout de quelques instants. J'eus un choc. Habillée d'un chemisier de cuir noir au col relevé, d'une jupe de cuir noir très courte, de bas et de chaussures à talons aiguille également noirs, le maquillage très accentué, elle était complètement transformée et respirait la sensualité dans toute sa crudité.

Tous les hommes s'étaient retournés, et avaient les yeux rivés sur mon amie. Celle-ci resta debout à côté de ma table, en apparence indifférente à l'admiration polissonne dont elle était l'objet, et fit signe au disc-jockey.

La musique s'arrêta, et les danseuses, surprises, se mirent de côté. Le disc-jockey tapa sur le micro :

— Les amis, nous avons une surprise de dernière minute ce soir, mais une surprise de choix ! Dans le cadre de nos concours d'amateurs, ou plutôt de non professionnelles, nous avons une candidate qui va nous faire une démonstration de ses talents. Je vous présente Éva ! Éva, à toi de jouer !

La musique reprit de plus belle. Les danseuses étaient toutes descendues, et s'étaient assises aux tables des clients.

Sophie se tourna vers moi, me regarda droit dans les yeux :

— Alors, qu'en penses-tu ? Je t'avais promis de l'action, c'est maintenant !

Je me levai pour la retenir.

— Mais tu es folle, c'est trop dangereux, ils vont te dévorer toute crue. Reste ici !

— Mais non, tu vas voir...

Elle me poussa fermement de côté et se dirigea vers le podium. Les hommes la regardaient, et leurs regards libidineux étaient comme des mains qui se promenaient sur toute la silhouette de Sophie-Éva. Celle-ci se retrouva bientôt sur la scène, et se mit à danser au rythme de la musique de rock assourdissante qui faisait vibrer les murs. Sa jupe très courte découvrait ses cuisses très haut, permettant parfois de deviner le contour de son slip.

Les hommes, à leurs tables, encourageaient Sophie en battant des mains en rythme et en lui criant des encouragements. Certains commentaires étaient plutôt salés, mais leur destinataire n'avait pas l'air d'être intimidée. Au contraire, ses mouvements étaient plus accentués, ses hanches, ses fesses, son ventre, son dos, ses seins, mis tour à tour en valeur par sa danse, étaient autant d'invitations à l'amour...

Après avoir dansé pendant quelques instants, elle commença un strip-tease très lent.

Elle commença par enlever son chemisier, qu'elle déboutonna doucement, faisant apparaître progressivement son soutien-gorge noir tout en dentelles qui avait quelque peine à contenir ses seins. Le contraste avec son torse relativement mince rendait leur grosseur d'autant plus évidente, et les hommes se mirent à hurler.

Aux côtés de certains, les danseuses s'affairaient, leurs mains disparues sous la table pour apporter à leurs voisins le soulagement devenu urgent. D'autres, demeurés seuls, se caressaient le sexe presque ouvertement. Le soutien-gorge de Sophie atterrit sur la table d'un de ces solitaires. Celui-ci s'en empara immédiatement et le fit disparaître sous la nappe, dans l'intention évidente de se masturber dessus.

Sophie se mit à se caresser les seins tout en dansant. Les encouragements fusèrent de plus belle. Une de ses mains descendit le long de son ventre et passa sous la ceinture de sa jupe. Les hommes crièrent. L'autre main passa derrière, dégrafa la jupe qui commença à descendre sur les cuisses de Sophie qui, comme par hasard, la retint. De nouveaux hurlements retentirent.

La jupe descendit un peu plus, découvrant le slip noir très bref accroché aux hanches de Sophie. La jupe coula bientôt aux pieds de Sophie, qui la poussa de côté. Habillée en tout et pour tout de sa petite culotte échancrée, de ses bas attachés à des jarretières et de ses souliers, Sophie était une invitation vivante au sexe.

Quelqu'un s'assit à ma table et je sursautai : c'était une des danseuses, une rousse superbe qui revenait des coulisses après s'être rafraîchie. Elle n'était vêtue que de son cache-sexe et de chaussures à talons, ce qui me permit d'admirer ses petits seins pointus et fermes.

Sa main se posa sur ma cuisse, puis remonta lentement, précisément, vers mon entrejambe. La main prit contact avec ma raideur, qu'elle se mit à masser de bas en haut.

Sur la scène, sous les cris de l'assemblée masculine, Sophie-Éva finit d'enlever son slip, qu'elle fit voler sur la table d'un autre solitaire, qui se jeta dessus et le renifla avec délices, avant de le faire disparaître sous la nappe...

Les hommes hurlèrent de plus belle en voyant le sexe rasé de la jeune femme.

La danseuse amateur n'était plus vêtue que de ses bas à jarretières et de ses souliers. Elle s'assit au bord du podium et écarta les cuisses, permettant à l'assistance de voir sa fente rose, terriblement impudique du fait de l'absence de duvet au pourtour. Une liqueur nacrée sourdait très visiblement à l'orée de la conque et allait se perdre à la naissance des fesses.

Les hommes hurlèrent de nouveau, et Sophie-Éva se coucha sur le dos, face aux tables, les cuisses toujours écartées, et se mit à se caresser. Les hurlements recommencèrent.

Tout autour, les danseuses masturbaient ouvertement leurs voisins. Certaines même avaient entrepris de sucer leur compagnon. Ma danseuse avait dégagé mon sexe et le massait vigoureusement.

Un des solitaires se leva, alla s'accoter au podium et, ne quittant pas Sophie des yeux, fit sortir de son pantalon son sexe court et très large, qu'il se mit à caresser frénétiquement. Sophie le remarqua au bout d'un moment, approcha le visage du sexe de l'homme et sa bouche eut tôt fait d'engloutir le monstre.

Ce fut le signal que tout le monde devait attendre. Tous les solitaires se levèrent et allèrent s'installer autour de Sophie-Éva, les uns debout au bas de l'estrade, les autres à genoux à côté de celle-ci. Ils exhibaient tous leur tige amoureuse, et la massaient à cadence plus ou moins rapide tout en regardant la jeune femme.

Certains furent plus hardis. L'un d'eux, resté en contrebas du podium, glissa la tête entre les cuisses de Sophie et entreprit de rendre un hommage passionné à la fente de mon amie. Je vis ses lèvres se coller aux lèvres du sexe de Sophie en un baiser fougueux et prolongé. L'homme se délecta des sucs amoureux qui sourdaient abondamment tout en continuant de se masturber.

Sophie, qui n'avait pas cessé de sucer la hampe de son premier visiteur, s'empara avec les deux mains du sexe de deux de ses voisins, et se mit à les caresser. Les hommes restés à leur table continuaient de prodiguer des encouragements bruyants et salaces aux protagonistes de cette orgie. Ma compagne avait cessé de me masturber, préférant la fellation, qu'elle pratiquait avec une expertise et une passion qui trahissaient une longue et studieuse pratique.

L'homme que Sophie suçait poussa un rugissement, et je vis au soudain gonflement des joues de la jeune femme qu'il éjaculait. Le trop-plein se déversa à la commissure des lèvres de Sophie, et se répandit le long de ses joues et de son menton. Sous l'effet de ce spectacle, probablement, un autre homme jouit, et sa décharge gicla sur le ventre de mon amie. Un autre, puis un autre suivirent. À chaque fois que l'un d'eux déchargeait, les autres hommes le saluaient en hurlant.

Celui qui rendait hommage à la moule de Sophie-Éva poussa à son tour un grand cri, et éjacula sur les fesses de celle-ci. La jeune femme était maintenant couverte de giclées blanches, témoignages polissons de l'hommage collectif dont elle avait fait l'objet. Un à un, les hommes se retirèrent après avoir répandu leur semence sur cet autel vivant.

Je ne voulais pas encore jouir, et je retins les élans de ma compagne. En guise de remerciement, et suivant en cela l'exemple de certains de mes voisins, je la fis s'étendre sur la table et, lui écartant doucement les cuisses, lui rendis la politesse de la langue et des lèvres. Bientôt, les ondulations de plus en plus rapides et violentes de son ventre me firent comprendre qu'elle était près de l'orgasme. Elle gémit brièvement et sa décharge se répandit dans ma bouche. Je lui donnai un long baiser et rejoins Sophie.

Celle-ci était restée sur la scène, à genoux, vêtue seulement de ses bas et ses jarretelles. À l'image de son corps, ceux-ci étaient couverts de semence. Elle se tourna vers moi, et son regard dur reflétait l'intensité intacte de son désir.

— Sophie...

— Oui, je sais. Vite, prends-moi.

Elle se mit à quatre pattes devant moi, m'offrant sa croupe tendue. Derrière nous, la salle se remplit de hurlements d'encouragement. J'abutai mon sexe à sa conque, et elle s'empala vigoureusement dessus, confiante en la bonne lubrification de ses sucs.

Nous fîmes l'amour brutalement. J'avais les mains accrochées à ses hanches, et je la rabattais vers moi à chaque coup de lance, accentuant le mouvement avec mon ventre. Elle me répondait, coup par coup, en tendant les reins vers moi. Nous poussions des rugissements au rythme de nos mouvements.

Notre désir était trop fort pour que nous tenions très longtemps sans jouir. Notre orgasme fut violent et long, puis nous nous écroulâmes sur le podium, le souffle court, nos corps trempés de sueur. La salle retentit d'applaudissements et de cris.

L'orgie battait son plein, l'atmosphère était tendue à l'extrême. À chaque table, un tableau érotique était en plein déroulement.

Je vis une danseuse à genoux sur une table, avec deux hommes derrière elle qui, ayant saisi chacun une bouteille de bière, pistonnaient sa vulve et son anus, tandis qu'elle pompait ardemment le sexe d'un troisième. À côté, une danseuse, à genoux entre deux hommes, était fort occupée à les masturber. Plus loin, une autre fille couchée sur une table se caressait frénétiquement, entourée de trois hommes qui se masturbaient en la parcourant d'attouchements salaces. Partout, la fête du sexe battait son plein.

Malgré cet orgasme puissant qui nous avait ébranlés au plus profond, nos sens demeuraient en éveil. Au bout de quelques minutes de répit, Sophie se mit à genoux à côté de moi et entreprit de me réveiller avec sa bouche. Elle eut vite fait d'obtenir une solide érection, qu'elle semblait goûter avec une satisfaction évidente.

Je m'allongeai sous elle, entre ses cuisses, et la caressai avec ma langue, lentement, suivant le dessin de la fente, m'attardant de temps à autre sur le clitoris. Sophie me tourna le dos et, après l'avoir aligné sur sa fente, s'assit sur mon sexe, très lentement, à la force de ses cuisses. Je pouvais admirer son dos, ses hanches, ses fesses, qui montaient et descendaient en un mouvement souple et doux qui facilitait la pénétration et rendait la sensation poignante. Quatre hommes s'étaient installés autour de nous et manipulaient leur tige amoureuse avec un bel enthousiasme.

Cette fois, nous prîmes notre temps. Sophie, au bout d'un moment, se déprit, et s'assit de nouveau sur mon sexe, face à moi. Le mouvement vertical, que Sophie agrémentait d'une ondulation de son ventre d'avant en arrière, reprit, tout aussi lentement.

Ma compagne se déprit de nouveau et, saisissant ma hampe, en frotta le gland contre son anus. Puis elle ajusta le pieu de chair contre l'étroit pertuis et entreprit, doucement, de s'empaler dessus. La lubrification de ses sucs amoureux aida la pénétration, qu'elle poursuivit jusqu'à ce que ses fesses s'appuient sur mes cuisses.

Puis elle reprit le mouvement lent et vertical, face à moi, qu'elle avait imprimé à son corps avant la sodomie. Sa main prit la direction de son sexe, et ses doigts eurent vite fait de trouver le clitoris, qu'ils flattèrent, en une caresse circulaire qui alla en s'accélérant.

Je jouissais à la fois de la sensation, très vive parce que la voie était resserrée, et aussi de la vision de mon amante dont le corps me clouait au sol. Nos compagnons grognaient de plaisir, et continuaient de masser vigoureusement leur organe, le regard fou fixé sur nous. Sophie leur criait des mots orduriers en guise d'encouragement.

Son orgasme me surprit, parce qu'il vint brusquement, sans que je l'aie senti venir. Elle cria, se tendit et continua à s'empaler violemment jusqu'au moment où elle s'écroula sur moi, anéantie. Elle se dégagea lentement puis, à califourchon sur moi, toujours de face, toujours les yeux dans les miens, elle prit mon sexe dans la main et commença à le caresser, de haut en bas, de plus en plus vite, jusqu'au moment où j'éjaculai, répandant ma semence sur mon ventre. Nos voisins et complices déchargèrent presque aussitôt et firent gicler leur semence autour de nous.

Nous étions vidés de toute tension et de toute énergie. Nous nous rhabillâmes tant bien que mal et rentrâmes chez moi. Nous prîmes le temps de faire notre toilette, puis nous tombâmes sur mon lit et nous endormîmes aussitôt, lovés l'un contre l'autre.

XV

Les bruits de la rue finirent par nous réveiller.

Encore quelque peu comateux, nous fîmes une toilette soigneuse, chacun prenant soin de l'autre, sous une douche bien chaude.

Après un petit déjeuner solide bien arrosé de café noir, je proposai à Sophie de faire les dernières mises au point et passations de consignes avant que je puisse prendre définitivement son relais. Nous convînmes de nous retrouver l'après-midi à la galerie.

En attendant mon amie, je réfléchis sur la marche à suivre pour compenser l'échec subi dans ma campagne d'achats aux États-Unis. Il devenait impératif pour moi de faire l'acquisition de nouvelles pièces, et ce le plus rapidement possible. Je décidai d'aller faire un voyage en Europe et en Asie.

Je m'ouvris de ce projet à Sophie. Celle-ci se déclara prête à gérer de nouveau la galerie en mon absence, que j'estimais devoir durer un mois. Nous nous mîmes immédiatement au travail, car je devais avertir mes correspondants étrangers de mon arrivée prochaine.

Au bout de deux heures, au cours desquelles de nombreux messages fax partirent vers des horizons éloignés, nous décidâmes de nous reposer un peu.

Je préparai du café, et nous nous installâmes dans l'arrière-boutique, sur le sofa, pour quelques instants.

— Pendant mon absence, il serait bon que tu t'occupes d'Alexandra.

— Ce sera avec plaisir, et même avec plaisirs !

— Attention, ne la malmène pas trop !

— Oh, si tu crois qu'elle est fragile, tu te trompes. Elle est loin d'être une oie blanche, et puis elle apprend vite.

— Bon, bon, je m'en remets à toi, mais n'oublie pas que je suis responsable de tout cela, donc, de la mesure, s'il te plaît.

— Ça te va bien de dire ça !

— D'accord, je retire ce que je viens de dire, je te fais confiance. Au fait, as-tu vu Ariane récemment ? Je ne l'ai pas vue depuis mon retour, et je me demandais ce qu'elle devenait.

— Ça te préoccupe, n'est-ce pas ? Tu as un faible pour elle, cela se voit, même si tu essaies de le cacher. En fait je l'ai à peine vue, ou plutôt entrevue, mais pas seule, figure-toi. Elle était avec un garçon, pas mal d'ailleurs, beaucoup plus jeune qu'elle, avec lequel elle semblait dans les meilleurs termes !

— C'est bien là le problème : elle s'est entichée du frère d'Alexandra, alors...

— Quoi, Alex a un frère ? Ça alors, elle ne me l'avait jamais dit. Peut-être avait-elle peur que je l'abîme ! Le fait est qu'il n'est pas mal, dans le genre maigre. Ariane aurait-elle le démon de midi ? Ce serait drôle, venant d'elle !

— Allons, ne sois pas méchante...

— Tu sais, j'aimerais le rencontrer, ce fameux frère. Après tout, il n'y a pas de chasse gardée !

Tout en disant cela, elle avait posé la main sur ma cuisse. Elle remonta vers mon entrejambe, qu'elle massa doucement à travers le pantalon.

Sophie se préparait visiblement à aller plus loin, quand nous vîmes, à travers la glace sans tain, la porte de la galerie s'ouvrir.

Alexandra entra, toute pimpante dans une tenue qui la mettait en valeur. Nous quittâmes l'arrière-boutique pour aller l'accueillir.

— Que faisiez-vous derrière ? Encore en train de vous peloter, bande de petits coquins ! Ah, il y en a qui ont de la veine !

— Que fais-tu ici ? N'avais-tu pas des cours ?

— Le cours de préhistoire a été annulé, le prof est malade. J'en ai profité pour venir voir mes professeurs en arts divers !

Sophie s'approcha d'Alexandra, et lui saisit l'oreille, qu'elle fit mine de tirer violemment.

— Dis donc, tu me caches des choses ! Tu as un frère, paraît-il ?

— Eh oui, d'ailleurs je te l'avais dit !

— Sûrement pas, je m'en serais souvenue…

Je laissai mes jeunes amies à leurs querelles, pour aller fermer la galerie.

Quand je revins, elles étaient dans l'arrière-boutique en train de se disputer. Mais était-ce vraiment une dispute ? Sophie était assise sur le sofa, et Alexandra était à cheval sur ses genoux, la jupe relevée, la culotte baissée, subissant une fessée retentissante.

À chaque coup, Alexandra hurlait, mais elle ne cherchait pas pour autant à se dégager.

J'avais devant moi le spectacle polisson de ces deux globes fessiers qui commençaient à devenir fort rouges, comme le devenaient les joues des deux protagonistes.

— Aïe ! Tu me fais mal, plus doucement, s'il te plaît !

— Et pourquoi j'irais plus doucement ? Dis le moi ! Ça te fait jouir ?

— Ça va mieux, continue...

Les coups continuaient de pleuvoir dru, mais les protestations de la victime laissèrent progressivement la place à des soupirs et des gémissements qui ne laissaient aucun doute sur les sensations que celle-ci éprouvait. Alexandra ondulait des fesses, allant au-devant des coups, ponctuant chacun de ceux-ci de cris de jouissance.

De son côté, Sophie n'était pas insensible au traitement qu'elle faisait subir à sa petite amie et à ses réactions : le regard un peu fou, les lèvres entrouvertes, elle était la personnification de la perversité. Elle leva les yeux vers moi :

— Jacques, je vais poursuivre la punition de cette jeune personne : peux-tu aller chercher la crème, et aussi le godemiché, tu sais, celui que j'avais expérimenté avec l'aide d'Ariane, tu te souviens ?....

— Penses-tu qu'Alex ?....

— Mais oui, je pense qu'elle est prête à cette initiation maintenant. Allons, vas-y, je t'en prie !

J'allai chercher la crème lubrifiante dans le cabinet de toilette. Le godemiché se trouvait dans une armoire où je conservais des affaires personnelles. C'était un superbe olisbos, assez fin, en ivoire, à la forme très réaliste, un peu courbé et abondamment veiné, et à la taille respectable sans être pour autant disproportionnée.

Je donnai le tout à Sophie. En ouvrant les fesses de sa victime d'une main, elle préleva une petite quantité de crème, qu'elle appliqua avec l'index sur le pourtour puis à l'intérieur du petit orifice froncé. Sophie s'attardait avec un visible plaisir à cette tâche. Sa tendre partenaire roucoulait sous l'effet de la douce violation.

— Ah, que c'est bon, continue de caresser comme ça. Je ne savais pas que c'était aussi bon par-là, ah encore, oui, comme ça...

L'index de Sophie allait et venait doucement dans l'étroit pertuis. Alexandra allait au-devant de chaque invasion en donnant des coups de reins. Sous l'effet de ce spectacle affriolant, je ne pus m'empêcher de libérer mon phallus déjà bien bandé et, debout devant mes compagnes, commençai à me caresser.

Sophie dut juger que sa victime était prête, car elle prit le godemiché et en caressa le fondement de l'adolescente, puis le pointa à l'entrée de l'anus, après l'avoir enduit de lubrifiant. Elle le fit pénétrer très doucement à moitié du gland, puis s'arrêta, revint en arrière. Elle poussa de nouveau, tout aussi doucement, de la pointe du gland. Alexandra gémissait, et lui demandait d'aller plus loin, mais Sophie allait très progressivement, consciente du fait que cette défloraison était aussi importante que celle du sexe.

Au bout de quelques instants, les caresses de Sophie eurent raison de la résistance de l'orifice anal. Celui-ci céda, laissant s'engouffrer le gland tout entier. Alexandra poussa un rugissement de plaisir :

— Aah, pousse plus loin, enfonce s'il te plaît...

Sourde aux supplications de son amie, Sophie continuait d'aller très doucement, attentive à ne pas provoquer de douleur, pour que cette initiation reste inoubliable.

Au bout d'un assez long moment, le godemiché fut engagé jusqu'aux deux tiers de sa longueur. La tortionnaire fit alors coulisser le phallus d'ivoire à un rythme régulier et lent, et je pouvais voir le petit orifice se distendre sous l'invasion polissonne. Alexandra cambrait vaillamment les reins à chaque coup, exposant encore plus son fondement à l'instrument violateur.

L'idée me vint de changer les données de ce divertissement. Je retins la main de Sophie.

— Je pense qu'Alex est maintenant prête à la véritable initiation. Je vais prendre la place du godemiché

— Mmm, Jacques, je rêvais qu'un jour tu me ferais ça...

— Tu es mûre maintenant, rappelle-toi ce qu'Ariane et moi t'avons enseigné il y a quelques semaines...

À dessein je la fis s'agenouiller face à Sophie, restée assise sur le sofa. Je lubrifiai mon sexe, m'agenouillai derrière elle, fis glisser un moment mon gland sur le pourtour de son anus, provoquant ses gémissements de jouissance. Puis j'introduisis doucement, lentement, ma tige dans l'anus. Celui-ci était maintenant quelque peu relâché, ce qui facilita l'intromission. Je commençai alors à aller et venir dans la petite ouverture, qui me serrait assez fortement, en essayant de ménager celle-ci.

Alexandra, sous moi, ondulait de plus en plus fort, en gémissant sourdement à chaque assaut. Sophie ouvrit les jambes, attira la tête d'Alexandra dans le compas de ses cuisses, exposant sa conque à la bouche de ma tendre victime. Celle-ci se jeta avidement sur cette proie, et se mit à embrasser ardemment les lèvres intimes de son aînée, puis à lécher le clitoris.

Sophie, sous cette attaque, s'offrit encore plus. Les yeux fermés, la tête renversée en arrière, elle se caressait les seins et soupirait sourdement, tout en poussant le ventre en avant pour profiter encore plus du baiser coquin. Je m'aperçus qu'Alexandra se masturbait au fait que, par instants, ses doigts rencontraient mes bourses.

J'allais et venais aussi doucement que possible dans le fondement d'Alexandra, pour éviter de lui infliger la moindre douleur, et aussi pour ne pas entraver son action sur la fente de Sophie. Malgré la lenteur de ce mouvement, mon orgasme vint vite, et je sentis ma semence se répandre dans cet anus vierge.

Mes deux compagnes eurent tôt fait de me suivre sur ce chemin. Alexandra se mit à remuer de plus en plus violemment la croupe et Sophie se tendit brusquement. Leurs cris de jouissance se mêlèrent aux miens.

Nous nous étreignîmes un moment, puis allâmes faire notre toilette alternativement.

J'offris un café à mes amies. Elles étaient assises toutes deux sur le vieux sofa, serrées l'une contre l'autre. Elles s'embrassèrent longuement, passionnément, leurs langues visiblement enlacées.

Alexandra commençait à roucouler, et je leur fis une remarque gentille sur leur appétit insatiable. Sophie fut la première à se reprendre, et se dégagea de sa cadette.

— Dis-moi, nous n'avons toujours pas parlé de ton frère.

— Il n'y a pas grand-chose à dire sur mon frère. Il est plus vieux que moi, très grand et un peu maigre, mais il est gentil. Il est un peu timide, mais depuis quelques semaines il est devenu le petit ami d'Ariane.

— Ah bon ! Et comment as-tu appris tout cela ?

— Il me l'a dit. Nous nous entendons très bien, tu sais, parce que nos parents ne sont pas souvent là. J'espérais que nous pourrions jouer à des jeux coquins ensemble, d'autant qu'il me l'avait proposé à quelques reprises. J'aurais bien aimé, surtout depuis que j'ai été initiée par Ariane et Jacques. Mais il est très amoureux d'Ariane, et devenu presque invisible et surtout intouchable...

— Aimerais-tu le voir revenir vers toi ?

— Bien sûr, mais j'attendrai, parce que ça a l'air sérieux entre eux deux.

— J'aimerais quand même le rencontrer. Pourrais-tu arranger ça ?

— Non, je ne pense pas que ce soit une bonne idée !

— Bon, bon, je n'insiste pas !

Sophie eut un mince sourire que je n'aimai pas. Qu'avait-elle en tête ?

Elle se tourna vers moi :

— Quand comptes-tu partir en voyage ?

— Le plus tôt possible, dès que mes correspondants étrangers auront répondu. Probablement la semaine prochaine.

— Quoi, tu repars en voyage ?

— Oui, Alex, mais pour plus longtemps cette fois. Sophie me remplacera à la galerie, et s'occupera de toi en mon absence.

— Bon, mais j'espère que tu reviendras vite !

Sophie se leva, prit la main d'Alexandra :

— Tu viens, il est temps que tu rentres, tes parents vont s'inquiéter de ton retard.

— Ça m'étonnerait, mais tu as raison, allons-y !

Elles partirent main dans la main, comme les deux jeunes filles rangées qu'elles semblaient être... Mais je restai sur une impression de malaise en me remémorant le sourire de Sophie...

XVI

Les préparatifs de mon départ prirent encore quelques jours.

J'avais mis au point mon itinéraire avec l'aide efficace de Sophie, qui s'avérait une excellente adjointe. Je laissai un message dans la boîte à lettres d'Ariane pour l'avertir de mon absence prolongée et lui donner mes coordonnées tout au long de mon périple.

Je partis enfin pour l'Europe. Je me rendis à Londres d'abord, puis à Paris et enfin à Rome. J'eus l'opportunité d'acquérir quelques très bonnes pièces, ce qui me consola de mon échec américain.

Je continuai ensuite mon voyage vers l'Asie.

Cela faisait déjà trois semaines que j'avais quitté Montréal. L'impression diffuse que quelque chose menaçait la belle harmonie d'antan persistait à me revenir fréquemment à l'esprit, mais j'étais accaparé par la poursuite de ma mission d'achats.

Je ne fus donc pas très surpris de recevoir un coup de téléphone un soir à mon hôtel, alors que je séjournais à Tokyo depuis quelques jours. Je reconnus la voix d'Ariane :

— Comment se passe ton voyage ?

— Très bien. En fait, il touche à sa fin, et je pense rentrer à Montréal dans quarante-huit heures. Mais que me vaut cette merveilleuse surprise ?

— Écoute, je ne peux entrer dans les détails. Il faut que je te voie à ton retour, du moins si tu n'y vois pas d'inconvénient, étant donné la façon dont nous nous sommes quittés la dernière fois...

— Tu sais très bien que mes sentiments à ton égard n'ont pas changé. C'est de notoriété publique. J'attends avec impatience le moment de te revoir. Je te rappellerai pour te donner des précisions sur mon vol...

Désormais impatient de retrouver Ariane, et d'en savoir plus sur le motif réel de son appel, j'expédiai mes affaires en suspens, envoyai un fax au bureau d'Ariane pour la prévenir de mon arrivée et partis par le vol du lendemain soir.

Elle semblait avoir maigri, et son visage était pâle lorsque je la retrouvai à mon arrivée à l'aéroport. À ma vue, elle hésita un instant, puis se précipita en courant dans mes bras. Je la serrai fort contre moi, lui caressai doucement les cheveux. Elle ne me laissa pas l'embrasser, et je préférai respecter sa réserve.

Nous arrivâmes à sa voiture. Pendant le trajet, elle resta silencieuse, se concentrant, en apparence, sur la conduite. Nous approchions de Montréal quand sa voix se fit enfin entendre :

— Antoine m'a quittée.

— Ah...

La joie m'envahit, brutale, comme une décharge d'adrénaline. Je me tus cependant, conscient que cet aveu devait être terriblement difficile pour ma compagne. Je vis des larmes couler le long de ses joues.

— Le petit salaud, il n'y a que le cul qui l'intéresse... Quant à Sophie...

Le souvenir de ma dernière rencontre avec Alexandra et Sophie revint à mon esprit, en même temps que cette impression de malaise qui m'avait suivi pendant le voyage... C'était donc cela...

Au bout d'un moment Ariane se ressaisit, et me demanda comment le voyage s'était passé. Soucieux de la distraire de ses préoccupations, je lui donnai force détails. Elle demeurait absente, et je sentais que ses questions étaient de pure forme.

Je lui suggérai de venir passer quelque temps chez moi, ce qu'elle finit par accepter non sans hésitation et après que je l'aie assurée qu'elle s'installerait dans la chambre d'amis. Nous passâmes chez elle pour lui permettre de prendre quelques affaires, puis arrivâmes enfin chez moi.

J'habitais un appartement en duplex dans un immeuble ancien situé dans le vieux Montréal, pas très loin de ma galerie. Il était fait de deux chambres, de deux salles de bains attenantes aux chambres, d'une salle de séjour faisant aussi office de salle à manger, d'un bureau et d'une petite cuisine.

J'allai prendre une douche, et la rejoignis dans la salle de séjour après avoir enfilé des vêtements confortables.

Ma salle de séjour ressemblait à l'arrière-boutique de ma galerie. Un des murs était couvert d'étagères qui débordaient de livres. Les meubles, anciens, étaient assez disparates, mais il se dégageait de l'ensemble une certaine harmonie à laquelle la combinaison des couleurs et des textures n'était pas étrangère. Un divan s'étendait sur un des côtés, face à de vieux fauteuils. Des objets antiques, provenant de tous les coins du monde, étaient disposés là où il restait encore de l'espace. Au milieu de la pièce trônait une grande table basse chinoise.

Ariane avait préparé du café, et nous nous installâmes côte à côte sur le divan. Elle s'était réfugiée à l'une des extrémités, repliée sur elle-même, le regard fixé vers une direction indéterminée. Je tentai de m'approcher d'elle, mais elle se raidit.

— N'aie aucune crainte, je ne te toucherai pas si tu n'y tiens pas.

— Antoine m'a fait faux bond, et j'ai quelque peine à le digérer, mais ça passera.

— Raconte, si tu en as envie…

Elle resta silencieuse un long moment, les lèvres tremblantes. Elle faisait pitié, et j'avais envie de la serrer dans mes bras, de la réchauffer et de lui dire que je l'aimais. Je m'abstins de tout cela, conscient du caractère importun d'une telle intervention.

Ariane se ressaisit enfin, et se tourna vers moi, le visage tendu :

— Tout a commencé aussitôt après ton départ. Antoine a soudainement espacé ses visites. Je pensais qu'il avait besoin de temps pour réviser avant de passer ses examens, et ne me formalisai pas.

Puis je rencontrai Alexandra par hasard, une fin d'après-midi, au sortir de chez moi, alors qu'elle s'apprêtait à entrer dans ta galerie. Elle semblait vouloir me fuir. Je l'abordai et lui demandai si elle avait vu son frère. Elle me répondit sans me regarder qu'elle ne savait pas où il était, qu'il avait probablement des cours à l'université. Je flairai le mensonge, mais préférai ne rien dire.

J'allai faire quelques courses. Au retour, tandis que j'approchais de mon immeuble, je vis à ma grande surprise Antoine sortir de ta galerie. Il ne me vit pas, parce qu'il s'engouffra dans sa voiture et disparut aussitôt.

Je me raisonnai en me disant qu'il avait dû vouloir rejoindre sa sœur à la galerie. Je voulus quand même en avoir le cœur net. J'entrai dans la galerie.

Sophie était apparemment seule. Je lui demandais si elle avait vu Alexandra. Elle me répondit que celle-ci était déjà partie depuis longtemps. Son visage reflétait une sorte d'assurance que je ne lui avais jamais vue auparavant. Un sourire un peu ironique, teinté d'une certaine malignité, se dessinait sur ses lèvres.

Très perplexe, je rentrai et appelai Antoine au téléphone. Alexandra répondit. Je demandai à parler à son frère. Elle s'absenta quelques instants puis revint me dire que celui-ci était parti, et qu'elle ne savait pas où il était.

Un pressentiment me fit appeler Sophie chez elle, car la galerie était maintenant fermée. Une voix d'homme me répondit. J'eus un choc terrible en reconnaissant la voix d'Antoine.

Il avait certainement reconnu ma voix car il resta silencieux, puis il commença à se lancer dans une explication très compliquée et peu convaincante. Je lui dis que je préférais qu'il se taise.

C'est à ce moment-là que Sophie prit le téléphone. Elle fut odieuse. Elle me dit qu'il valait mieux que je laisse les jeunes entre eux. Elle ajouta qu'elle s'entendait très bien au lit avec Antoine, et qu'elle lui avait même appris quelques techniques qu'il appréciait beaucoup...

Elle aurait certainement continué cette diatribe insupportable si je ne l'avais pas interrompue pour lui dire que je voulais parler quelques instants à Antoine.

Je dis à Antoine que je comprenais et que je ne voulais plus le revoir, et je raccrochai sans écouter sa réponse, parce que continuer était au-dessus de mes forces, et puis cela ne servait plus à rien.

Je passai la soirée à pleurer, et m'endormis dans mon fauteuil dans le salon. Je fus réveillée à deux heures du matin par la sonnerie à la porte. C'était Antoine. Je ne le laissai pas entrer, malgré ses supplications. Il me dit qu'il avait eu une terrible dispute avec Sophie, qu'il était désolé de s'être laissé prendre aux sortilèges de cette fille, mais qu'il m'aimait et qu'il voulait revenir.

Je refusai de l'entendre plus longtemps, et lui intimai de ne plus revenir, que tout était fini entre nous. Il s'enfuit.

Quelques jours après, je revis Alexandra. Elle était venue me voir d'elle-même. Elle était au courant de ce qui s'était passé. Elle me dit qu'elle avait eu une altercation avec son frère et avec Sophie parce qu'elle trouvait tout cela assez moche, pour reprendre ses propres mots.

Elle m'a remis une lettre de Sophie pour toi. Je l'ai mise dans mon sac...

Ariane resta silencieuse. Je respectai son silence. Il n'y avait plus rien à dire.

Au bout d'un moment, elle se dirigea silencieusement vers la chambre d'amis.

La fatigue du voyage et l'effet de ces derniers événements eurent raison de ma résistance, et j'allai me coucher.

Je me réveillai le premier au petit matin. Aucun bruit ne me parvenait de la chambre d'amis. Je fis ma toilette et préparai un petit déjeuner copieux. J'allai frapper à la porte de la chambre d'Ariane, et elle apparut bientôt, vêtue d'une de mes robes de chambre.

Je prétextai la nécessité d'aller voir ce qui se passait à la galerie. Je laissai ma compagne devant une tasse de café fumant et un amoncellement de tartines, et partis avec le mot de Sophie en poche.

La galerie avait quelque peu changé. Certaines pièces semblaient absentes, et la disposition générale avait été modifiée.

J'ouvris la lettre de Sophie. Elle était très courte :

J'espère que tu aimeras ta nouvelle galerie. Les pièces qui manquent ont été vendues, et j'ai déposé les fonds correspondants au compte en banque. Je quitte Montréal pour quelques jours avec Antoine. À bientôt. Ta disciple...

Je restai quelques instants à méditer sur l'ironie finale du mot de Sophie. Devais-je me sentir coupable du dérapage qui avait finalement entraîné cette issue fâcheuse ? Ou devais-je être reconnaissant à Sophie d'avoir précipité les choses ? Après tout, la tournure des événements m'était plutôt favorable...

Je ne restai pas très longtemps à la galerie. Je laissai une petite affiche à la porte indiquant que je fermais pour une semaine et rentrai chez moi.

Ariane s'était habillée pour sortir en ville. Je lui proposai d'aller à la campagne, et finis par la persuader de se changer. Nous séjournâmes dans ma propriété située à deux heures de route de Montréal, en pleine nature.

Le premier jour, Ariane était assez peu loquace, et je m'efforçai de la ménager. Je l'emmenai marcher, au milieu des bois, au bord du lac. Le soir, je préparais un feu dans la cheminée, et nous écoutions de la musique tout en regardant les flammes lécher les bûches qui crépitaient. Au fil des jours, le contact avec la nature, et dans une certaine mesure mon silence attentif eurent leur effet.

Ariane se dérida quelque peu, un après-midi, en regardant une cane évoluer sur le lac suivie de sa couvée de canardeaux. Ce soir-là elle parla de la journée que nous venions de passer, des arbres, des animaux, et je sentis qu'elle sortait enfin de sa colère et de sa peine, qu'elle se remettait à vivre.

Nous allâmes nous coucher chacun dans notre chambre respective, selon la convention que nous avions établie.

J'étais déjà couché, en train de lire, quand la porte de ma chambre s'ouvrit. Ariane, habillée d'un de mes pyjamas, entra, un sourire timide aux lèvres. Dans cette tenue d'une taille bien trop grande, qui dissimulait sagement ses formes, elle était adorable.

— J'aimerais dormir avec toi. Tu veux bien ? Il fait un peu froid là-bas toute seule...

J'entrouvris les draps. Elle se glissa dedans et s'accota contre moi, sans bouger.

Je feignis de continuer à lire, pour ne pas l'effaroucher. Je sentis une main caresser ma poitrine. Je posai mon livre, et me tournai vers Ariane.

Elle me regardait intensément, comme pour exprimer quelque chose. Je me penchai et l'embrassai. Elle se serra contre moi, et nos langues se mêlèrent. Je redécouvrais son parfum, sa chaleur, ses formes trop présentes malgré le rempart de tissu.

Elle s'arrêta un instant et me repoussa doucement. Sans cesser de me regarder, elle déboutonna la veste qui recouvrait son torse, me permettant de retrouver la beauté de sa poitrine qui palpitait doucement, et que ma main eut tôt fait d'épouser. Ma bouche prit le relais, et mes lèvres et ma langue s'appliquèrent à goûter ces fruits délicieux. Les pointes s'érigèrent et durcirent, et ma compagne se mit à gémir doucement.

Je cheminais lentement, m'attachant à ne pas rompre le charme par une trop grande hâte, m'efforçant de maîtriser mon désir à son paroxysme. Les ongles d'Ariane décrivaient les courbes de mon corps, provoquant des vagues de frissons qui venaient mourir à mes extrémités. Elle s'arrêta de nouveau pour enlever le pantalon de son pyjama.

Devant cette ouverture non équivoque de ses défenses, mes mains descendirent doucement le long du ventre, des hanches, des cuisses, en goûtant avec délices chaque étape, pour finalement s'arrêter aux genoux. Je descendis à hauteur de son ventre et y apposai mes lèvres. Ariane arqua le corps, comme pour s'offrir plus encore à la caresse.

J'atteignis le creux de son ventre, descendis vers sa motte et m'attardai un instant sur la toison, avant de poser les lèvres sur ses lèvres intimes, puis d'y introduire ma langue.

Je me délectai de la texture, du goût sauvage et de l'odeur marine, longuement.

Mon amie ondulait et gémissait de plus en plus fort, chacun de ses mouvements faisant adhérer plus encore sa fente à ma bouche.

Ariane jouit brusquement, et hurla sa jouissance, tandis que ma bouche recevait sa décharge. Elle se tendit violemment, secouée par un orgasme puissant et long, puis elle s'affaissa et reprit son souffle.

Au bout de quelques instants elle prit ma hampe dans la main. Mon sexe était comme une barre de fer, et l'érection était tellement forte qu'elle me faisait presque mal. Ariane dut sentir que j'étais très près de l'orgasme, bien qu'elle ne m'ait pas encore touché. Elle m'attira sur elle, et dirigea mon pieu de chair dans sa vulve.

Ah, cette sensation de pénétration... Sa conque était comme une gaine soyeuse et chaude, dans laquelle ma tige, entièrement aspirée, se prélassait. Mon amante se mit à bouger doucement le ventre, devançant mes assauts. Je tremblais de désir et de jouissance. Mon orgasme vint brutalement, et je me mis à la limer violemment, en coups frénétiques, tout en sentant ma semence gicler dans son vagin.

Je m'écroulai sur elle, et nous restâmes de longues minutes l'un dans l'autre, collés l'un à l'autre, à nous embrasser passionnément. Lorsque je caressai son visage, je constatai qu'il était baigné de larmes...

Brisés par cette merveilleuse fatigue, nous sombrâmes dans le sommeil, l'un contre l'autre.

L'odeur du café me réveilla. Ariane, souriante, officiait dans la cuisine, où un énorme petit déjeuner m'attendait.

— Les oiseaux m'ont réveillée au lever du jour. C'était merveilleux, ils se répondaient, on aurait dit un concours de chant. J'aimerais aller me promener, d'autant qu'il fait très beau...

Nous passâmes la journée, ponctuée d'un pique-nique au bord du lac, à parcourir le domaine dans tous les sens, nous arrêtant parfois pour admirer un coin de bois ou écouter le bruissement d'un ruisseau, ou simplement pour souffler un peu.

Ma compagne m'avait pris la main, et c'est ainsi que nous revînmes, au couchant, au chalet.

Nous étions installés dans la salle de séjour, après le dîner, à écouter du Mozart, assis par terre, sur des coussins face au foyer qui crépitait. Ariane se tourna vers moi :

— Tu sais, Jacques, je me demande si tout ce qui s'est passé n'était pas prédestiné, comme si Antoine avait été l'élément me permettant de voir plus clair dans ma vie.

— Que veux-tu dire ?

— J'ai beaucoup réfléchi ces derniers jours. Sans vouloir nier que ma relation avec ce garçon est allée au-delà d'une simple affaire de sexe, je pense que ça ne se serait peut-être pas passé de cette manière si nous ne nous étions pas mis dans une position où il n'y avait pas de place pour les sentiments.

— C'est vrai, et je porte une grande part de responsabilité dans tout cela. Tout ce qui se passait entre nous et autour de nous était comme un jeu, très intense il est vrai et très excitant, mais où le risque de faire mal était grand, et c'est ce qui n'a pas manqué d'arriver.

— Finalement, le grand perdant, c'est Antoine !

— Ariane ! Tu te moques de moi ? Te rends-tu compte qu'il a été initié à l'amour par toi-même ? Franchement, je l'envie !

— Il y a eu Sophie aussi, et...

— Non, pour Antoine, tu seras toujours celle qui lui a appris l'amour, et il gardera ce souvenir toute sa vie, crois-moi. Sophie, c'est la suite, et il y en aura d'autres après elle probablement, mais toi, tu garderas toujours tes sortilèges...

Ariane resta pensive un instant, puis me dit qu'elle souhaitait rentrer à Montréal, et que tout allait bien maintenant.

XVII

Nous rentrâmes à Montréal le lendemain matin.

Je déposai Ariane chez elle, car elle devait ensuite se rendre à son cabinet de psychiatrie. Quant à moi, j'avais un certain nombre de problèmes à régler à la galerie.

À ma grande surprise, celle-ci était ouverte, mais je me rappelai aussitôt que Sophie en avait gardé la clef. Sophie sortit de l'arrière-boutique comme un diable de sa boîte, le rose aux joues, le souffle court. Mû par je ne sais quel instinct, j'entrai dans cette pièce.

Un jeune homme trônait sur mon fauteuil, derrière mon bureau, dans le plus simple appareil ! D'après la description qui m'en avait été faite par Ariane, je devinai que ce jeune homme mince et grand devait être Antoine. Il avait visiblement été surpris par la rapidité de mon entrée, car il tenait encore d'une main ce qui semblait être un livre ouvert et de l'autre son sexe bandé.

À ma vue il lâcha tout et se leva par réflexe, et je ne pus m'empêcher d'éclater de rire à la vision de ce grand échalas, nu comme un ver, dont le priape énorme commençait à se dégonfler rapidement. Sophie, qui m'avait suivi, ne put s'empêcher de rire malgré le caractère très embarrassant de la situation.

Je décidai de leur jouer un tour, d'autant que je trouvais qu'ils avaient été trop loin, en particulier vis-à-vis d'Ariane, même si l'issue m'était finalement favorable. Je jouai la fureur, et me retournai brutalement vers Sophie :

— Bravo ! Il ne faut surtout pas se gêner ! Je vois que tu as transformé ma galerie en bordel ! Quelles sont les recettes ?

— Voyons, Jacques, ne te fâche pas, je vais t'expliquer...

— Il n'y a rien à expliquer, tout ça me paraît trop évident. Tu as abusé de la situation !

— C'est à voir ! Après tout, c'est chacun pour soi, et puis tu en as profité, puisque Ariane, d'après ce que je sais, est revenue vers toi !

— Monsieur, Sophie n'est pas la seule coupable, moi aussi je...

— Toi, le petit con, ferme ta gueule ! Vous avez voulu jouer ? Parfait ! Jouons, alors !

Je me précipitai vers le placard situé au fond de l'arrière-boutique, et en sortis un de mes sabres d'entraînement au kendo. Il s'agissait d'un sabre en bois, mais il était capable d'infliger des coups très douloureux, et cela pouvait se deviner à son aspect menaçant.

Je me retournai vers Sophie et son compagnon. Ils s'étaient serrés l'un contre l'autre, effrayés par mon apparente fureur.

— Sophie, va verrouiller la porte de la galerie...

Elle s'exécuta avec empressement.

— Déshabille-toi ! Mets-toi à genoux devant lui. Maintenant, suce-le !

— Mais, Monsieur...

— La ferme ! Sophie, dépêche-toi, je n'ai pas toute la matinée !

Entièrement nue, Sophie eut un sourire presque imperceptible. M'était-il destiné ?

Elle s'agenouilla devant Antoine, qui était resté debout pendant tout ce temps. Elle saisit le sexe de son ami et commença à le caresser d'une main, tout en flattant les bourses de l'autre. Elle dégagea le gland et le titilla avec la langue, puis engloutit lentement, progressivement, la tige en entier.

Ses efforts paraissaient vains. Antoine, intimidé par ma présence, restait sans érection.

Je m'approchai du garçon, et lui frappai rudement les fesses avec le plat de mon sabre. Le bruit fut plus fort que ne fut la douleur, mais Antoine cria et donna un coup de ventre vers Sophie, lui enfonçant son sexe jusqu'à la gorge.

— Sophie, tu m'as habitué à de meilleures performances. Perdrais-tu la main ? Continue, avec plus de conviction !

Ce disant, je la frappai plusieurs fois sur les fesses avec le plat de mon sabre, plus doucement que je ne l'avais fait avec Antoine. Sophie paraissait ne pas détester, et les soins qu'elle prodiguait à son ami devinrent plus passionnés. Ils furent bientôt couronnés de succès, et je vis la tige s'allonger et grossir progressivement.

Les yeux fermés, le souffle court, le garçon se mit à grogner doucement. Bientôt, je constatai que les lèvres distendues de la jeune femme avaient peine à contenir le monstre qui lui envahissait la bouche. Quelle taille ! Je me rappelai la description qu'Ariane m'en avait faite, et reconnus qu'elle n'avait pas exagéré.

Sophie semblait se délecter à sucer le pieu. Les joues creusées par la succion, les yeux fermés, elle massait la base du phallus d'une main, tandis que l'autre était passée entre ses cuisses. Au mouvement saccadé de son bras, je devinai qu'elle se caressait...

Le spectacle était extrêmement stimulant, et mon sexe bandait solidement sous mon pantalon. Mais je n'avais pas l'intention de participer au jeu. Je m'approchai de nouveau du couple, et appliquai un coup du plat de mon sabre sur leurs postérieurs.

— Ça suffit ! Sophie, reste à genoux et tourne-lui le dos ! Il va t'enculer maintenant !

— Jacques, tu es fou, il est trop gros, il va me déchirer !

— Monsieur, je me refuse à faire ça. C'est dégoûtant !

— Ah oui ? C'est ce qu'on va voir !

J'appliquai une volée de coups de sabre sur les fesses du garçon, jusqu'à ce qu'il criât grâce. Il me promit de faire tout ce que je voudrais. Je fis de même à Sophie, mais en frappant plus doucement.

— Vous voyez, il suffit de s'entendre ! Allez, exécution ! Antoine, va chercher l'huile pour bébés dans le cabinet de toilette !

— Antoine, salaud, tu me lâches, tu vas me défoncer !

— Mais, Sophie, je n'ai pas le choix et...

— Sophie, allons, tu vas voir comme ton petit copain va te faire du bien. Allez, Antoine, dépêche-toi !

Le jeune homme s'exécuta. Je lui fis enduire d'huile le pourtour de l'anus de Sophie, puis lui intimai l'ordre d'en introduire dans l'étroit orifice. Je vis son index luisant aller et venir dans le fondement de son amie, qui semblait y prendre plaisir. À quatre pattes devant son jeune amant, elle se cambrait pour mieux s'offrir à ses caresses.

Le moment était venu.

— Bon, ça suffit. Sophie me semble prête. Sophie, branle-le un peu, car il m'a l'air de débander. Ce serait vraiment dommage... Voilà, c'est mieux, remets-toi à genoux devant lui. Antoine, tu vas t'enduire la queue d'huile, puis l'ajuster sur le trou du cul de ta copine. Là, comme ça. Doucement, ne pousse pas. Caresse-lui le troufignon avec ton gland, oui, c'est ça. Maintenant, pointe le gland sur le petit trou, voilà. Toi, Sophie, tu vas pousser très doucement le cul vers sa queue, pour t'empaler progressivement, Va doucement, et ne recule que quand tu te sentiras à l'aise...

Sophie se mit à onduler doucement, très doucement de la croupe, comme pour se caresser l'anus sur le gland d'Antoine. Le mouvement faisait entrer imperceptiblement le bout du gland dans le petit orifice froncé, qui commença à se distendre.

Au bout de quelques instants, l'anus se relâcha brusquement, et le gland disparut en entier. Sous la surprise, et aussi sous la brutalité de l'invasion, Sophie poussa un cri d'angoisse. Les deux jeunes amants restèrent immobiles un moment. Puis la jeune femme reprit son mouvement ondulatoire, très lentement. Antoine semblait prendre plaisir à ce jeu apparemment nouveau pour lui.

Fasciné, je vis l'énorme pal de chair s'enfoncer entre les deux globes fessiers de Sophie. Celle-ci ahanait, sous la pression quasi intolérable, mais ne ralentissait pas pour autant son mouvement. Apparemment, Antoine n'était pas insensible à cette vision, car il continuait de bander vigoureusement, et ses mouvements d'intromission se firent de plus en plus vigoureux.

Le phallus était maintenant engagé à mi-longueur dans le fondement de Sophie, ce qui était probablement le maximum que celle-ci pouvait absorber. Elle continua de bouger sous son amant, en cambrant de plus en plus les reins, de plus en plus rapidement, en rugissant à chaque assaut. Je constatai qu'elle avait recommencé à se masturber au mouvement rythmé de son bras droit qui disparaissait sous son ventre.

Antoine, le corps luisant de sueur, soufflait bruyamment, le regard fou rivé sur les fesses de sa compagne. Mon phallus me faisait mal à force de bander, et j'avais grand-peine à me retenir de me caresser en contemplant ce spectacle inouï.

Sophie cria soudain, son corps se tendit, elle bougeait les reins de manière complètement désordonnée, cherchant à s'empaler encore plus profond. Antoine joignit bientôt ses cris à ceux de son amie. Les deux jeunes gens remuèrent encore quelques secondes, puis s'écroulèrent sur la moquette, l'un sur l'autre, le souffle court.

Je m'approchai :

— Allez vous nettoyer et vous rhabiller, vite !

— Jacques, tu es vraiment dur...

— Pas de jérémiades, allez !

Les jambes molles, ils se dirigèrent vers le cabinet de toilette, dont ils sortirent tout à fait présentables quelques minutes après. Je les poussai littéralement dehors, malgré leurs protestations.

J'étais, en fait, très pressé, fébrile.

Je verrouillai de nouveau la porte derrière les deux jeunes gens, puis revins dans l'arrière-boutique. Mon sexe bandé tressautait dans mon slip, qui ne le contenait plus qu'imparfaitement. Je m'affalai sur le sofa, sortis ce pieu de chair qui me tourmentait et commençai à le caresser.

C'est alors que j'avisai une petite pile de tissu sous mon bureau. J'allai la chercher, et découvris, avec un coup au cœur, que c'était le slip de Sophie. Dans sa hâte, ou dans la fureur du moment, elle avait dû l'oublier. La culotte était en soie, minuscule il est vrai, mais elle avait recouvert les parties les plus intimes de la jeune femme...

Je plongeai mon visage dans le sous-vêtement, et m'enivrai des senteurs qui y subsistaient encore. Puis je me réinstallai sur le sofa, confortablement, et repris mes caresses masturbatoires, mais, cette fois, en enveloppant mon phallus dans le slip de Sophie. La sensation était poignante, presque insoutenable, et son effet stimulant se joignait au souvenir encore très frais que j'avais du corps que la culotte avait voilé partiellement.

Mes nerfs étaient tellement à vif que je jouis très vite, et répandis ma semence dans le minuscule sous-vêtement. J'allai mettre de l'ordre dans ma tenue, et gardai précieusement la pièce de tissu, encore maculée de ma décharge, dans un coffret datant de la Renaissance, aux côtés de trophées similaires.

Au moment où je m'apprêtais à sortir de la galerie, mon regard fut attiré par le livre qu'Antoine avait laissé tomber, dans sa hâte, sous mon bureau. J'éclatai de rire à sa vue : c'était l'album de peintures érotiques que j'avais montré à Sophie pour lui jouer un tour, et qui, en fait, avait été le point de départ de toute cette affriolante aventure avec elle !

Je retrouvai Ariane chez moi le soir même, ainsi que nous étions convenus. Je gardai le silence sur ce qui s'était passé le matin. J'étais certain que les autres acteurs de cette pièce de théâtre impromptue et polissonne avaient, comme moi, à cœur de rester discrets...

Mon amie et moi décidâmes de vivre ensemble. Les mois passèrent, et notre entente quasi parfaite nous amena a nous installer chez Ariane, après que j'eus vendu mon appartement.

Nous poursuivîmes nos activités respectives, Ariane à la tête de son cabinet de psychiatrie, et moi de ma galerie d'art.

Mon arrière-boutique perdit définitivement sa vocation de lieu de rendez-vous intime...

XVIII

Les années se sont écoulées très vite.

Alexandra, que nous revoyons de temps à autre, est maintenant une avocate internationale. Basée à Genève, elle passe une grande partie de son temps dans les avions. Nous avons conservé une grande affection pour elle, et elle nous le rend bien. Sa vie amoureuse est à l'image de ses problèmes de décalage horaire...

Son frère est professeur en neurobiologie, et responsable du département de psychologie de l'Université Concordia. On dit qu'il est très entouré, tout particulièrement par des étudiantes...

Sophie est devenue conservatrice du Musée des Beaux-Arts. Elle est mariée à un riche propriétaire immobilier d'origine anglaise, qui lui a fait trois enfants, très turbulents parait-il.

Ariane a décidé de cesser ses activités de psychiatre, et travaille avec moi à la galerie. Elle s'est spécialisée dans l'art tribal, et son expertise est reconnue. Nous allons de plus en plus souvent à la campagne, dans notre propriété, contempler la nature et nous y fondre.

Ariane, ma femme, est toujours aussi belle. Sa chevelure luxuriante est grise maintenant, et son visage est orné de fines rides de sourire.

La littérature érotique
aux Éditions J'ai lu

8860

Composition
NORD COMPO

Achevé d'imprimer en France (Malesherbes)
par MAURY-IMPRIMEUR
le 18 janvier 2009.

Dépôt légal janvier 2009.
EAN 9782290013991

ÉDITIONS J'AI LU
87, quai Panhard-et-Levassor, 75013 Paris

Diffusion France et étranger : Flammarion